suhrkamp taschenbuch 3456

»Er, sie, Franz, wer war er eigentlich, sie, Franziska?« Als Franz zur Welt kam, zog man ihm rosa Schühchen an und führte ihn der betretenen Verwandtschaft vor – schon wieder ein Mädchen. Aber »mußte man denn Junge oder Mädchen sein, gab es nicht etwas Drittes, ganz anderes?« »Was ist mit diesem Kind los?« fragt sich die Mutter. »Mit diesem Kind stimmt etwas nicht.« Franz soll Franziska sein, die Mutter steckt ihn in hübsche Kleider und meldet ihn zum Schlagerwettbewerb an. »Du singst wie der Heintje, zum Verwechseln«, sagt Franz' Oma.

Aber Franz wird älter, wächst, beobachtet die Veränderungen an seinem Körper, die ihn langsam zu Franziska machen.

Zu einer Zeit, in der die erste Mondlandung im Fernsehen übertragen wurde und im Radio Johnny Cash mit »A boy named Sue« zu hören war, wächst ein girl named Franz auf, dieses sympathische Wesen, das sich nicht auf eine Rolle festlegen lassen will, das nicht »Junge« oder »Mädchen«, sondern »Mensch« sein will.

Sabine Neumann, geboren 1961 in Regensburg, lebt in Berlin und Malmö/Schweden. 2000 erschien ihr »perfektes Debüt«, der Erzählband *Streit* (st 3119). Manuela Reichart von der *Süddeutschen Zeitung* bescheinigte ihr »gute Chancen, damit zum Sprachrohr ihrer Generation ausgerufen zu werden«.

Sabine Neumann
Das Mädchen Franz
Erzählung

Für Heidi.
mit herzlichem Gruß! –
Sabine Neumann

Suhrkamp

Umschlagfoto:
Ute Vogelsang,
fotografiert von Sven Paustian

suhrkamp taschenbuch 3456
Erste Auflage 2003
Originalausgabe

Druck: Ebner & Spiegel, Ulm
Printed in Germany
ISBN 3-518-39956-9

1 2 3 4 5 6 - 08 07 06 05 04 03

Das Mädchen Franz

Die Begebenheiten in diesem Buch
sind zum größten Teil erfunden.
Ähnlichkeiten mit
lebenden oder toten Personen
sind ziemlich zufällig.

I

Die Bagger kamen.
Wo früher Ackerland für Zuckerrüben gewesen war, wurde jetzt erst so richtig geackert. Holzpflöcke wurden in die Erde getrieben, Schnüre wurden gespannt, Löcher wurden ausgehoben und mit Beton ausgegossen.
Die Stadt dehnte sich an den Rändern aus, weil die Menschen sich vermehrten, mit aller Kraft.
Es wuselte von Arbeitern, die sich Anweisungen zuriefen und in der Mittagspause auf dem Gerüst saßen und flachsend ihr Bier tranken.
An den Abenden lagen die Baustellen still da. Jetzt hielt schon manchmal ein Auto dort an, und zwei, drei Menschen stiegen aus.
Nach Feierabend begutachteten sie ihr zukünftiges Zuhause, das da dreistöckig zum Himmel wuchs und zwölf Familien pro Eingang beherbergen sollte. Bei zwölf Eingängen war das also eine ganze Menge. Aus allen Löchern kamen die Menschen hervorgekrochen und suchten ein schönes Heim.
Paarweise gingen die zukünftigen Bewohner über den lehmigen Boden. Manche hielten sich an den Händen. Noch konnte man sich nicht vorstellen, daß man bis zum Ende seines Lebens irgendwo bleiben würde. Aber irgendwo mußte man erst mal wohnen; warum also nicht hier.
Es war eine günstige Gelegenheit. Der Staat legte drauf, weil er etwas auf seine Keimzellen hielt. Daß die Menschheit wuchs, war verheerend im Großen und wünschenswert im Kleinen. Sie durfte nur nicht an der

falschen Stelle wachsen. Hier jedoch war die richtige Stelle.

Der eine oder andere hohe Bauch wurde hier durch die Gegend getragen, manchmal lief auch schon ein kleines Kind hinter den Erwachsenen her und bückte sich nach Steinen und Glasscherben.

Hin und wieder brachte jemand seine Eltern mit zum Rohbau, die sich äußern sollten.

Möglicherweise würden die Kinder es in diesem Leben ja noch zum Eigenheim bringen. Dies war sicher nur der Anfang, ein Anfang, an dem es nichts auszusetzen gab.

Architekten hatten an ihren Zeichenbrettern über der Wohnungsaufteilung gegrübelt.

Vielleicht hätte einer von ihnen gern seine Vision vom Leben verwirklicht, das immer ein Zusammenleben ist. Die meisten Menschen hatten ja keine Ahnung, wie sehr sie von den Räumen geformt wurden, in denen sie sich einnisteten.

Die meisten blieben in der erstbesten Gelegenheit stecken und kamen nicht weiter. Irgendwann würden sie dann in einer schlaflosen Nacht gewaltsame Lösungen ersinnen, wenn auch nur in kurz aufflackernden Bildern, die sich in den meisten Fällen zum Glück schnell vertreiben ließen.

Gab es überhaupt etwas anderes als Zwischenlösungen, seltsame Zufälle, die sich zwischen die Menschen und ihre Vorstellung vom Leben schoben, das man sich so nicht ausgemalt hätte?

Dieser Architekt, er war noch jung und hatte gerade erst sein Diplom bekommen, träumte in der Nacht von seltsamen organischen Formen, von Tropfburgen, von verschachtelten und farbenfrohen kleinen Häusern an einem Hang, zwischen denen enge Gassen verliefen und die in ihrem Inneren verwinkelt waren, er träumte von riesigen, sparsam möblierten Räumen mit großen Fenstern und einem Blick in die Weite. Im Halbschlaf sah er kleine muschelförmige Plätze vor sich, mit Lauben und plätschernden Brunnen und Treppen, die zu sonnigen Aussichtsplateaus führten.

Er erwachte und schämte sich ein wenig für seinen Überschwang.

Und tagsüber nahm er das Lineal in die Hand und zog scharfe Striche aufs Papier, denn er wußte, was von ihm erwartet wurde.

Was ist so eine Wohnung?

Schutz vor Kälte, Aufenthaltsort für Gegenstände, Ort des Ausruhens nach getaner Arbeit.

Eine Art Wärmekapsel zur Heranzüchtung neuer Arbeitskräfte und frischer Gebärmütter. Eine solche Sichtweise war natürlich den zukünftigen Bewohnern fremd, denn die dachten nur an sich und an das einzige Leben, das sie hatten.

Ein Hort des Friedens und des Glücks.

Ein wenig Grün braucht der Mensch, um zu funktionieren, also wurden auch Grünanlagen geplant. Dort hinein zeichnete man ein Quadrat: der Spielplatz, für allerlei bunte Geräte aus Metall und einen Sandkasten.

Ein spielendes Kind wird ein nützlicher Erwachsener.

Pro Familie berechnete man ein Auto und legte Parkplätze dafür an. Auch eine gewisse Anzahl von Garagen stand zur Verfügung.

Die Garage war nicht nur für das Auto gedacht, das von Rost- und Diebstahlsgefahr bedroht war, sondern auch als Ausweichsort für den Mann, dem es zu Hause zu eng

würde. Dort könnte er seine Regale anbringen und ordentlich mit Dingen füllen, die ihm wichtig waren. Da würde ihm keiner hineinpfuschen. Da würde er auf äußerste Ordnung achten und sich manchmal hinsehnen, wenn er im dunklen Schlafzimmer lag, an seiner Seite ein schwer atmender Leib, an den er gebunden war.
Aber so weit sind wir ja noch nicht.
Ein moderner Künstler wurde mit einem Fassadenschmuck beauftragt:
Er ließ die heilige Familie in den frischen Putz ritzen, mit geschwungenen Linien, das sollte wohl abstrakt sein, war das Kunst, aber man sagte lieber nichts, weil man von diesen Dingen eigentlich nichts verstand.
Dann zog man ein, bedeckte die Wände mit gemusterten Tapeten, stellte die Möbel vorschriftsmäßig in die dafür vorgesehenen Zimmer. Man hängte Gardinen vor die Fenster. Man stellte Blumentöpfe auf, ordentlich aufgereiht auf dem Fensterbrett.
Was hätte man anderes machen sollen.
Das Leben wuchs aus sich heraus und machte sich bemerkbar.
Ich glaube, es ist wieder soweit, sagte die Mutter, die ihre Tasche schon gepackt hatte, zum Vater. Bring die Kleine zu meinen Eltern.
Ich glaube, diesmal wird es ein noch härterer Brocken.

Franz erlebte schon in den ersten Tagen seines Lebens, was es hieß, die Erwartungen der Umwelt zu enttäuschen.
Gleich nachdem er blau und schleimig aus dem Bauch seiner Mutter herausgeflutscht war, schaute man ihm zwischen die Beine und dann schüttelte man bedauernd

den Kopf. Wieder nichts geworden, schimpfte die Hebamme, als sie ihn mit groben Bewegungen in ein Tuch gewickelt hatte und in die Arme seiner Mutter legte. So also lautete der Fluch, mit dem Franz auf der Welt begrüßt wurde, und es ist Unsinn zu glauben, er hätte ihn nicht gehört oder verstanden. Es entging Franz nicht, daß auch die Freude der herbeigeeilten Verwandten eine Freude zweiten Ranges war. Man hätte ja die Strafe Gottes heraufbeschworen, wenn man sich nicht über ein gesundes Kind gefreut hätte.

Die Häßlichkeit wird sich schon herauswachsen, rief Oma Anni, die Mutter der Mutter, und wischte eine Träne weg, die an ihren Wimpern hing und nicht herunterfallen wollte.

Hauptsache, sie ist gesund, oder nicht?

Dann schniefte sie, als wollte sie ihre Worte gleich Lügen strafen.

Franz kam also zur Welt. In der Krankenhauskapelle wurde dieser neue Mensch auf den Namen Franziska getauft. Franz beschloß, ein Mensch zu sein, weiter nichts.

Die Welt hieß Franz auf ihre Weise willkommen.

Man zog ihm rosa Schühchen an und hob ihn hinter einer Glasscheibe hoch, damit die Verwandten ihn sehen konnten. An seinem fetten Handgelenk baumelte eine Nummer. Es war ein heißer Juli, der in einen heißen August überging, und Franz schaute mit seinen großen und farblosen Augen auf alles, was ihn umgab. Er schien vom ersten Moment an alles zu verstehen, und es ist wahr, er verstand schon in den ersten Stunden seines Lebens alles und beschloß, zu dem zu werden, der er war, und nicht der zu sein, welchen die Welt in ihm zu sehen fest entschlossen war.

Oder sollte man sagen: die, welche?
Oder sollte man sagen: die, welche die Welt aus ihr zu machen fest entschlossen war?
Mußte man denn entweder ein Junge oder ein Mädchen sein, gab es nicht etwas Drittes, ganz anderes? Zu diesem Dritten beschloß Franz zu werden. Er war es ja schon.
Er war anders, er war ein Besucher von einem fremden Stern.
Wir nennen sie hier Franz. Sie, ihn, den Menschen, für den die Sprache nicht geschaffen wurde.
Die Welt, in die Franz nun hineingeboren wurde, war eine überschaubare, sie bestand aus aufeinander abgestimmten Einzelteilen, sie bestand aus Schlaf-, Wohn- und Kinderzimmer, aus Büro und Familie, Rasen und Gehweg, erlaubt und verboten. Sie bestand aus Küchenschürzen und Krawatten, Arbeitszeit und Feierabend, Wochentag und Feiertag, Privatleben und Arbeitsleben. Es war eine Welt, in der das Wunder regierte. Das Wunder rollte auf vier Rädern. Das Wunder stand flimmernd im Wohnzimmer, es hatte einen Vor-, einen Haupt- und einen Weichspülgang, es machte die Gesichter und Gestalten runder und speckiger, es ließ sich an den Fingern abzählen. Das Wunder glänzte. Es war sauber und hell, es war porentief rein und staubfrei, es war gebügelt und gefaltet. Es glänzte farbig in den Reiseprospekten. Kein Fleck zeigte sich auf diesem Wunder. Und es wuchs von Jahr zu Jahr, es wurde größer, es war kaum zu fassen.
Franz wurde in eine Welt geboren, in der das Leben einem Traum glich. Nichts konnte in dieser Welt schiefgehen. Sie war anständig. Die Welt bestand auf den ersten Blick aus winkenden Hausfrauen hinter Küchenfen-

stern und entschlossen ausschreitenden Angestellten mit kleinen Hüten.

Es gab Erinnerungen an eine andere Zeit, sie glichen einem hartnäckigen Schmutzfleck, den man nur mit dem richtigen Mittel zu behandeln hatte, damit er sich aus dem Gewebe löste und es endlich tadellos zurückließ.

In dieser Welt würde Franz sich bewähren müssen. Man stand über sein Bettchen gebeugt und machte schnalzende Laute mit dem Mund, man ließ einen Autoschlüssel vor seiner Nase hin- und herbaumeln.

Franz verwunderte seine Eltern schnell dadurch, daß er niemals schrie, freilich aber auch niemals lächelte. Etwas Kaltes war in seinem Blick, erschrak die Mutter, aber der Vater beruhigte sie, auch das würde sich herauswachsen. Soll das mein Kind sein, wunderte sich die Mutter, die sich unter Mutterliebe immer etwas anderes vorgestellt hatte, oder hat man es verwechselt, ist es ein Kuckucksei, haben die Russen es mir ins Bett gelegt.

Franzens erstes Wort war in etwa: »abbam«, was »abhauen« heißen konnte, aber es wurde natürlich anders verstanden, mußte anders verstanden werden.

Und wohin hätte er abhauen wollen? Er war schließlich in die beste aller Zeiten und in die beste aller Welten geboren worden. Wer abhaute, lief in sein Unglück und war garantiert selber schuld.

Näher konnte man dem Glück nicht kommen, und wenn es einem entglitt, hatte man etwas falsch gemacht.

Am Abend ließ man die Rolläden vor den Fenstern herunter und wähnte sich sicher.

Es konnte losgehen.

Franz' Schwester war zwei und redete schon drollig. Sie wünschte sich ein Pferd. Das Pferd sollte neben ihrem Bett schlafen. Aber was soll das Pferd essen, fragte der Vater. Gras, sagte Lena, und Steine. Das Gespräch wurde auf Tonband aufgenommen und für die Zukunft bewahrt.

Auch die Sprechfehler der Kinder mußten für die Zukunft bewahrt werden, jedenfalls in der Erinnerung.

Der Geburtstag hieß Purzeltag.

Ob der, der die Franzosen gemacht hat, wirklich wollte, daß diese Französisch sprechen, fragte Lena auf ihrem ersten Campingurlaub mit gerunzelter Stirn, nachdem sie den komischen Lauten eine Weile gelauscht hatte.

Dieses Kind lieferte Anekdoten am laufenden Band, bereits im Säuglingsalter.

Zufriedener als ein in Bier getauchter Schnuller machte sie der Rettichschwanz, den ihre Mutter ihr in die Faust drückte.

Am Eßtisch griff sie das Butterstück mit beiden Händen und biß mit ihren vier Zähnen ein ordentliches Stück heraus.

Die Erstgeborene hatte außerdem eine Tendenz zum Verschwinden. Sie verschwand frühmorgens aus dem Kinderbett und wurde dann im Sandkasten auf dem Spielplatz wiedergefunden, im Schlafanzug, selig und selbstvergessen, und von den vergrabenen Hausschuhen war nur einer wieder aufzufinden.

Sie ging mit wildfremden Leuten nach Hause und beobachtete deren Eßgewohnheiten, um später der Mutter davon berichten zu können, deren Zorn ihr ganz unverständlich war.

Sie büxte bei den Großeltern aus, lief allein durch die

halbe Stadt nach Hause und beschwerte sich bei der Mutter über einen Schmutzfleck auf dem Sofakissen bei Opa Anni und Oma Vinzenz. Die Schuhe hatte sie sich von einem Onkel auf der Straße zubinden lassen, und die Ampel hatte sie nur überquert, wenn ein Erwachsener es ihr vorgemacht hatte, so erklärte sie und forderte eine Tasse heißen Kaba als Belohnung.
Das Geschenk zu ihrem zweiten Weihnachtsfest, ein Puppenhaus, das die Mutter selbst tapeziert und mit kleinen Möbeln versehen hatte, räumte sie mit zwei Handbewegungen leer, um sich selbst hineinzusetzen und Auto zu spielen, brrm-brrm.
Mit Franz' Geburt war sie zur großen Schwester geworden und mußte, gerade zwei Jahre alt, vernünftig sein. Sie wurde nach Berufswünschen befragt und bekam eine kleine Kinderausrüstung an Kochlöffeln und Töpfen geschenkt. Sie versuchte mit einem glatzköpfigen Puppenbaby Mutter zu spielen und schmiß es auf den Fußboden, weil es sich weigerte zu reden.
Franz durfte sie leider nicht auf den Fußboden schmeißen.

Lenas und Franz' Vater schloß für seine zwei Töchter eine Aussteuerversicherung ab, weil er ein Mann war, der an die Zukunft dachte.
Er wollte sich später einmal nicht lumpen lassen, wenn der Richtige an die Tür klopfte. Was ein Vater zu tun hatte, hing mit Geld zusammen. Am Morgen verließ er das Haus, und am Abend kam er wieder. Er legte seinen Hut ab und lockerte die Krawatte.
Alles sah sehr gut aus.
Manchmal brachte er seiner Frau Blumen mit.

Ein richtig netter junger Mann.
Wenn auch mit etwas absonderlichen Neigungen.
Nie stand er am Samstag neben seinem Auto, schäumte es ein, polierte, küßte es und beugte sich mit Kennermiene über das Gewirr aus Schläuchen und Drähten unter der Kühlerhaube. Lieber ging er mit einem geflochtenen Korb auf den Markt, kaufte Gemüse und unterhielt sich mit den Marktweibern über Kohlköpfe und Rüben.
Beim Pilzesammeln rezitierte er Gedichte.
Und sprach die Pilznamen andächtig aus, als wären sie selbst ein Gedicht.
In einem Aktenordner sammelte er Rezepte mit Zutaten, von denen kein Mensch je gehört hatte.
Er war zuvorkommend den Frauen und höflich den Männern gegenüber, aber eigentlich ließ er niemanden so richtig an sich heran.
Er sehnte sich nicht nach einem Hobbykeller oder nach einem Garagenraum mit Werkzeug an den Wänden.
Irgendwie schien er nicht so recht am Platz in einer Welt, in der Männer sich den Bierschaum vom Mund wischten und die Ärmel hochkrempelten.
Nicht, daß er die Ärmel nicht hochgekrempelt hätte: Er tat es, entschlossener vielleicht als viele andere. Er konnte auch nichts dafür, daß es bei ihm immer so aussah, als wäre er mit dem Kopf ganz woanders. Er war in dieser Welt nicht zu Hause, aber er bemühte sich so auszusehen, als wäre er in ihr zu Hause. Er spielte sein Zuhause-Sein in dieser Welt.
Er spielte ja ganz gut.
Eine Beförderung stand bevor.
Man hörte seiner Sprache schon fast nicht mehr an, daß er von da herkam, wo man nicht herkommen durfte. Er

hatte an sich gearbeitet, er hatte das Fremde weggearbeitet, er hatte seine Zunge geschliffen. Er hatte bewiesen, daß er etwas taugte. Als Familienvater hatte er, der Dahergelaufene, endlich das Recht, dazuzugehören.
In seinem Aktenschrank versteckte er ein schwarzes Buch mit selbstgeschriebenen Gedichten. Mit dem Gedichteschreiben hatte er aufgehört, weil es nicht in ein Leben paßte, in dem alles, auch die Gefühle, seinen festen Platz haben sollte.
Aber manchmal gab er seltsame Dinge von sich, die keiner so richtig verstehen konnte, selbsterfundene Wörter, herzlos scheinende Urteile über Gott und die Welt.
Er sah Franz an und dachte: Vielleicht ist etwas von mir in dieses Kind geraten. Er wußte nicht, ob er das gut finden sollte. Franz lag in seinem Bettchen und sah aus, als spielte er sein Daliegen nur. Könnte man in den Kopf von einem solchen Kind hineinschauen. Könnte man dem Kind den Aufenthalt in der Welt ein wenig leichter machen.
Aber wie. Weil der Vater wußte, wie schnell man alles falsch machen konnte, vermied er es manchmal lieber, überhaupt etwas zu machen. Weil jede Meinung widerlegt werden konnte, war es besser, keine feste Meinung zu haben.
Alles konnte so sein, oder auch ganz anders.
An der täglichen Pflicht gab es nichts zu rütteln. Zwischen acht und sechzehn Uhr wußte er genau, wo sein Platz war.
Danach wurde es etwas schwieriger, denn zu Hause hatte er nicht selten das Gefühl, im Weg zu sein.
Er setzte sich nach dem Abendessen ins Wohnzimmer. Er sortierte Kontoauszüge. Er kontrollierte die Versiche-

rungsunterlagen. Er bemühte sich, mit seinem Bierglas keine Ränder auf dem Wohnzimmertisch zu hinterlassen.
Vor dem Fernseher schlüpfte er in seinen Kokon, in sein Alleinsein.
Keiner konnte in den Kopf eines anderen hineinschauen.

Franz' Mutter kämmte die Teppichfransen.
Sie war der Meinung, daß das Wichtigste am Menschen nicht das Äußere sei, weder das Aussehen noch die Stellung, sondern das Innerste, das Herz.
Zu viel von allem verdarb dieses Herz, zu wenig auch.
Die Mitte war gut und gesund.
Das Herz konnte man sich vorstellen wie ein von der Sonne gewärmtes rotes Samtkissen.
Es war Unsinn, nach den Sternen zu streben, lieber sollte man seine Siebensachen in Ordnung halten.
Ihr war nie langweilig, es gab immer etwas zu tun.
Wenn einem Menschen zu viel in den Schoß fiel, war der Charakter in Gefahr. Ein zufriedener Mensch zu werden war das höchste Ziel im Leben. Zufrieden hieß aber nicht selbstzufrieden. Das Leben bestand aus Beschränkungen, und das Ziel war, sich darin so gut wie möglich einzurichten.
Dennoch gab es immer etwas zu verbessern, das ganze Leben sollte man danach trachten, sich zu verbessern, innerlich wie auch äußerlich. Wer nicht das Beste aus den Gaben machte, die er mitbekommen hatte, versündigte sich, nicht so sehr gegen Gott als gegen sich selbst.
Das hatte sie im Gefühl.
Weil sie nicht wußte, was für Gaben sie hatte, wußte sie auch nicht, ob sie das Beste aus ihnen gemacht hatte.

Die Kinder sollten das Beste daraus machen. Das war von nun an die Hauptaufgabe.
Wie erzieht man einen Menschen zu Herz und Verstand? Ein Mensch, der Musik liebte, gewann ihr Vertrauen schnell. Ihre Kinder sollten so früh wie möglich lernen, die Schuhe selbst zuzubinden und links und rechts auseinanderzuhalten. Dann sollten sie ein Instrument lernen. Musik war die Sprache der Seele, in dieser Sprache vermochte keiner zu lügen.
Die Seele konnte man sich vorstellen wie etwas sehr Luftiges und Schönes, das den Menschen ausfüllte.
Sie schaltete am Morgen, wenn ihr Mann das Haus verlassen hatte, das Radio ein. Manchmal sang sie dazu.
Sie hätte immer gern ein Instrument gelernt, aber es war nie dazu gekommen.
Warum verwandelten die richtigen Gedanken, die man hatte, sich nicht automatisch ins richtige Leben?
Richtige Gedanken hatte sie viele:
Kein Mensch war automatisch besser als ein anderer, und wenn es einem gut ging, dann war das keine Belohnung, sondern eine Verantwortung.
Lieber wenig und gut als viel und schlecht.
Vollkommen mußte kein Mensch sein, aber ehrlich und direkt.
Sie mochte Männer, die gerne sangen und dazu auf einer Gitarre die Akkorde schlugen, doch ihr Mann summte meist gedankenlos vor sich hin und nie mehr als die ersten Takte eines Liedes.
Man hatte es heute besser als früher, diese Tatsache stand außer Zweifel, und es ist möglich, daß die Kinder es eines Tages noch besser haben würden. Es war schwer, sich dieses »besser« vorzustellen.

Vielleicht war es leichter, zufrieden zu sein mit dem, was man hatte, wenn man den Hunger und die Unsicherheit kennengelernt hatte, sinnierte sie, während sie die letzten Teppichfransen kämmte. Aber sie hätte nicht darauf schwören können.

Sie selbst war nämlich kein zufriedener Mensch, und es war nicht leicht, den Grund dafür zu finden.

Abwechselnd haßte sie sich selbst und alle um sich herum.

Es war die Anwesenheit von anderen, die ihr etwas wegnahm. Das war schwer zu begreifen.

War sie allein, verrauchte die merkwürdige Wut, die sie in der Gegenwart anderer oft erfüllte.

Immer wieder suchte sie nach etwas, das sie verändern konnte: Vielleicht würde dann alles besser.

Der Flur könnte neu tapeziert werden. Sie dachte an eine neue Couchgarnitur. Die Kinder konnte man so anziehen, daß es nett aussah; sie hatte sich immer Zwillinge gewünscht. Wenigstens ein paar neue Eierbecher könnte sie heute kaufen; dann hätte sie beim Frühstück gleich bessere Laune.

Sie hatte doch alles, was sie sich je gewünscht hatte.

Etwas lag auf dem Gemüt ihres Mannes wie ein Schatten, vielleicht die Vergangenheit, vielleicht eine Familienkrankheit.

Etwas Rätselhaftes lag über dem frühen Tod seiner Mutter.

Wie eine dunkle Gestalt lauerte sie im Hintergrund.

Daß nichts von ihr auf die Kinder überspringt.

Eigentlich wußte sie wenig über ihn und wo er herkam.

Konnte er nicht so sein wie alle anderen Männer? Welche anderen? Die Welt war voll von ihnen. Sie werkel-

ten zu Hause, zogen Holzdecken in der Wohnung ein, schraubten Spiegelschränke im Badezimmer fest und wachsten Skier im Keller.
Etwas war in ihm, das ihn ziellos machte. Er tigerte in der Wohnung herum. Er blätterte zerstreut in Zeitschriften. Er rieb seinen Hals, als wäre er ihm zu eng, und schaute lange ins Leere.
Da stieg die Ungeduld manchmal in ihr hoch wie die Blasen in einem Topf mit kochendem Wasser.
Dabei hatte gerade das Fremde an ihm sie so angerührt, als sie ihn kennenlernte. Das Verlorene. Ein Untermieter mit einem Berg ungestopfter Socken in seinem Schrank.

Franz war Linkshänder. In der ersten Schulstunde klebte die Lehrerin einen Tesafilm auf die rechte Hand. Sie bat die Mutter, ein Armband zu kaufen, das er immer am rechten Handgelenk tragen sollte. Franz bekam ein silbernes Armband mit kleinen roten Marienkäfern daran. Er versuchte die Schrift seiner Nachbarin nachzumachen, ihre kleinen Buchstaben rutschten nie über oder unter die Linien. In der ersten Klasse stand im Zeugnis: Die Leistungen beim Schreiben verdienen Lob, weil Franz Linkshänder ist und rechts schreibt. Im nächsten Jahr stand im Zeugnis: Beim Schreiben ist Franz unkonzentriert. In der dritten Klasse schrieb die Lehrerin: Franz ist oft zu lustig, die Leistungen im Schreiben lassen nach. Reiß dich zusammen, sagte die Mutter. Dein Vater ist auch Linkshänder und hat sich zusammengerissen. Heute schreibt er wie gestochen.
Opa Vinzenz zeigte Franz, wie man Fehler im Schulheft korrigierte. Er schabte mit einem Skalpell eine feine Schicht vom Papier ab. Franz' Schulheft war bald durch-

löchert. Franz zeigte seinem Opa eine neue Erfindung: einen Tintenkiller, den man anschleckte und dann über die Schrift zog, die wie durch Zauberei verschwand. Opa war gelangweilt. Neue Dinge interessierten ihn nicht. Er spitzte auch seine Bleistifte nicht mit dem Spitzer, sondern mit dem Taschenmesser.

Neumodisches Zeug, sagte er verächtlich und massierte sich die Glatze mit der Glatzenbürste.

Opa schleckte die Spitze seines Bleistifts an und malte seltsame Buchstaben aufs Papier.

Das war Altdeutsch, klar, weil Opa alt war.

Franz füllte Zitronensaft in eine Füllerpatrone und schrieb mit der linken Hand in Spiegelschrift Unsichtbares auf ein Blatt Papier. Dann fuhr er mit dem heißen Bügeleisen darüber, und die Schrift erschien braun.

Franz wollte unbedingt Detektiv werden. Er stellte sich mit dem Papier vor den Spiegel und las:

Hinter dem Haus ist ein Mord geschehen. Detektiv Franz liegt auf der Lauer.

Verdächtige Gegenstände, etwa eine im Gebüsch gefundene Feinstrumpfhose, wurden zur Polizei gebracht.

Wenn die Bösen eingesperrt wurden, blieben die Guten übrig.

Franz hatte Verstecke, in denen er Schätze aufbewahrte: leere Zigarrenkisten vom Vater, einen besonders geäderten Stein, einen Zettel, auf den er seine Mutproben aufschrieb: *mit kaltem Wasser duschen, bei Nacht auf den Friedhof gehen, einen Lungenzug machen.*

Was ist mit diesem Kind los, fragte sich die Mutter.

Es ist klar, daß irgend etwas mit diesem Kind nicht stimmt.

Franz war schon in seinem Kinderbett auf seinen Teddy gestiegen, hatte sich über das Gitter gebeugt und war mit dem Kopf voraus auf dem Boden gelandet.
Es war nicht das letzte Mal.
Er fuhr mit seinem Dreirad die Kellertreppe hinunter, rat-tat-tat-tatt.
Ging man mit ihm die Straße entlang, knallte er bestimmt gegen ein Verkehrszeichen.
Er stieß sich den Kopf an geöffneten Schranktüren und an eisernen Türrahmen an. Er lief im Eifer gegen die gläserne Wohnzimmertür, stolperte in die Glasvitrine und hinterließ Berge von Scherben.
Langsam, sagte die Mutter. Erst schauen, dann gehen.
Aber es war, als wollte Franz nicht glauben, daß die Welt ihre eigenen Gesetze hatte. Er wollte mit dem Kopf durch die Wand.
Immer wieder kam er mit einer blutenden Kopfwunde an. Immer wieder mußte die Mutter ihm eine kalte Messerklinge auf eine Beule an der Stirn legen.
Und seine Narben waren seine Trophäen.
Einmal riß er das Oberteil des Küchenschranks herunter beim Versuch, an das oberste Fach zu kommen, und saß erschrocken in einem Haufen zerbrochenen Geschirrs, als die Mutter herbeigelaufen kam.
Ein anderes Mal kippte der neue Schreibschrank, an dem er gerade saß und einen Aufsatz schrieb, auf ihn zu, und der verwunderte Franz schaute aus einem Trümmerhaufen furnierter Spanplatten hervor.
Einmal fiel er beim Spielen kopfüber aus dem oberen Etagenbett und erschreckte mit dem Aufprall die Nachbarin, die gerade ihren Mittagsschlaf hielt.
Er hatte einen harten Kopf, aber selbst ein harter Kopf kann nicht alles aushalten.

Vielleicht bleibt ihm etwas zurück. Ein nicht wiedergutzumachender Schaden. Ganz normal kann ja ein Kind nicht sein, das mit offenen Augen gegen Laternenmasten rennt, das Gehsteigkanten nicht sieht und beim Ballspielen schon einmal mit Sonntagskleidung in einen Ententeich fällt.

Was dich nicht umbringt, macht dich stärker, sagte Opa.

Den Dickkopf hat das Kind von mir, sagte Oma.

Franz wollte Seiltänzer werden, Fallschirmspringer, Motorradakrobat.

Schon wieder blutete er am Hinterkopf. Er war beim Trampolinspringen auf dem Bett gegen die scharfen Rippen des Heizkörpers geknallt.

Wollte er irgend etwas herausfinden?

Wollte er die Dinge, die ihn umgaben, zum Kampf auffordern?

Wollte er die Grenzen des Lebens so weit dehnen, wie es ihm möglich war, in seinem geschützten Kinderdasein?

Franz hielt sich für unverwundbar. Er kletterte auf die obersten Äste der Bäume und schwang sich hin und her. Er war Tarzan. Er war einer der drei Musketiere. Er war Robin Hood. Immer wieder kämpfte er mit unsichtbaren Gegnern.

Sogar wenn er sich am Morgen im Badezimmer wusch, stellte er sich vor, daß er an einer bedeutenden Meisterschaft teilnahm.

Das Ziel bestand darin, sich so schnell wie möglich zu waschen.

Er war von einem großen Publikum umgeben, das ihm zujubelte. Und Franz verbeugte sich. Er stellte sich in die Mitte des Raumes und machte einen Diener. Er schickte Handküsse in die Menge.

Er verbeugte sich im Badezimmer, nachdem er im Schnellwaschen den ersten Platz errungen hatte, und schlug sich den Kopf am Waschbecken an.
Dann hängte er das Handtuch wieder an seinen Haken und riß dabei den Handtuchhalter von der Tür. Eine Schraube machte eine blutige Schramme über seiner Augenbraue. Er schnitt ein Stück Pflaster ab, um es sich draufzukleben, und schnitt sich dabei in den Zeigefinger.

Franz konnte schon Englisch.
Häwju ä sigrét formíh.
Das hatte Oma ihm auf der Chaiselongue beigebracht. Opa war im Ohrensessel über dem Kreuzworträtsel eingeschlafen und schnarchte.
Alle amerikanischen Soldaten kauten Kaugummi und hatten eine Zigarette im Mundwinkel, erzählte Oma.
Sie hatten überall herumgelungert, lässig an ihre Panzer gelehnt, junge schlaksige Männer.
Ich habe eine Figur gehabt wie gemeißelt, sagte Oma. Ich hätte einen Diplomingenieur kriegen können. Aber dein Opa hat mir schönere Liebesbriefe geschrieben.
Ich war einmal der Schönste, sagte Opa und kramte ein Foto aus dem Schrank, auf dem ein junger Mann in einer Badehose abgebildet war, der seine Muskeln zeigte.
Franz lachte. Das war nicht Opa. Opa hatte eine Glatze und Hosenträger. Kein Mensch, der in Altdeutsch schrieb, konnte einmal jung gewesen sein.
Franz stellte sich Opa als Kind vor: wie jetzt, bloß kleiner. Er mußte kichern.
Von Opa wußte Franz die wichtigen Dinge: Daß man immer vom Körper wegschnitzt. Daß man leidende Tiere töten muß. Daß man im Wald keine Angst zu ha-

ben braucht, weil der Mensch sich nur vor anderen Menschen fürchten muß.
Manchmal schlief Franz bei Oma und Opa.
Oma kam am Abend mit einer Flasche Weihwasser an sein Bett und ließ ihn das Kreuzzeichen machen.
Ich bin klein, mein Herz ist rein.
Weißt du nicht, daß sie das Wasser aus dem Wasserhahn nimmt, fragte Lena.
Franz starrte auf das Bild einer Frau, das in Opas und Omas Schlafzimmer in einem ovalen Rahmen hing.
Das war meine Mutter, deine Uroma, sagte Opa. Sie ist bei meiner Geburt gestorben.
Der kleine Opa war von einer Uroma geboren worden und hatte nie eine Mutter gehabt.
Das Bild mit der wächsernen Frau machte Franz angst.
Es war undenkbar, daß sie einmal gelebt hatte.
Franz drehte den Kopf in die andere Richtung. Da hing ein anderes Bild: Es zeigte Jesus vor einem nachtblauen Himmel. Jesus saß auf einem Stein und hatte das Kinn in die Hand gestützt. Er sah sehr traurig aus.
Wieso ist Jesus so traurig?
Er wartet darauf, daß er verraten wird.
Wieso wird Jesus verraten?
Es muß so sein, weil er uns sonst nicht erlösen kann.
Was ist das denn, erlösen?
Uns ist vergeben, verstehst du, wir brauchen keine Angst mehr zu haben.
Wenn Franz am Morgen bei Oma und Opa ins Badezimmer kam, lagen Opas Zähne im Zahnputzglas.
Oma hatte eine Zigarettenkippe ins Klo geworfen. Die Brille war warm. Es stank. Franz hielt die Luft an.
Soll ich dir erzählen, was ich heute nacht geträumt habe,

rief Opa, als Franz in die Küche kam.
Daß du eine Ente warst und einen Wurm gefressen hast, sagte Franz überlegen. Er kannte das Spiel.
Stimmt, sagte Opa. Was du alles weißt. Und Englisch kannst du auch schon. Aber Französisch kannst du nicht.
Ich habe mich gestern wieder mit einer sehr netten Dame im Zug auf Französisch unterhalten. Párlewúfraasääh.
Na und, sagte Oma, ich kann Räuberlatein: Dubú bibíst eibeín Abáf.
Erzähl von deinem Bruder, sagte Franz zu Oma.
Es ist ihm bei der Arbeit ein Ziegelstein auf den Kopf gefallen, und sie haben ihm den Schädel mit einer Eisenplatte geflickt.
Wie alt war er, als er gestorben ist?
Das weiß ich nicht mehr, sagte Oma.
Wieso, fragte Franz.
Ich kann mich nicht mehr an ihn erinnern. Ich war viel zu klein.
Du warst doch viel älter, als ich jetzt bin.
Du kannst nicht so lange leben wie ich und dich dann an alles erinnern.
Du sollst dich ja nicht an alles erinnern, nur an deinen Bruder. Wie hieß er?
Ich habe sogar seinen Namen vergessen.
Wenn man sich nicht mehr an Dinge aus seinem Leben erinnern konnte, wieso konnte man dann behaupten, daß man heute derselbe Mensch war wie früher.
Bist du noch traurig, fragte Franz.
Man kann nicht traurig sein über Sachen, die so lange her sind, sagte Oma.
Franz staunte.

Die ganze Welt war voll mit Toten, an deren Tod man sich gewöhnt hatte.
Irgendwann würde sich auch keiner mehr daran erinnern, wie Franz einmal geheißen hatte. Alle Leute taten Franz leid, weil man sie einmal vergessen würde.
Oma nahm den Schürhaken vom Ofen und klopfte dreimal kräftig auf den Boden.
Das war das Zeichen für die Nachbarin, daß Oma sie zum Kaffeetrinken einlud. Danach würden sie eine Partie Mensch-ärgere-dich-nicht spielen. Oma spielte gerne Mensch-ärgere-dich-nicht. Sie wischte die Figuren der anderen mit Nachdruck vom Brett. Sie freute sich, wenn die anderen sich ärgerten.
Die Nachbarin hieß Frau Mayer. Gebückt kam sie die Treppe herauf. In ihrem faltigen Gesicht saß eine dicke Brille, hinter der die Augen so groß waren wie Pflaumen. Sie schlich so leise in die Wohnung, auf ihren dünnen Beinen, als schämte sie sich dafür, daß ihre Füße den Boden berührten.
Haben Sie immer noch keinen Kühlschrank, fragte Oma.
Legen Sie die Wurst immer noch im Klo aufs Fensterbrett?
Sagen Sie bloß nicht, daß Sie als Bundesbahnerwitwe nicht genug Geld für einen Kühlschrank haben.
Wissen Sie nicht, daß man Geld nicht ins Grab mitnehmen kann?
Passen Sie auf, daß Ihr Geld auf der Bank nicht ranzig wird.
Die Mayerin räusperte sich und setzte zu einer Erklärung an.
Welche Farben, fragte Oma herrisch und schüttete die

Spielfiguren aufs Brett. Die Mayerin ging ihr schon auf die Nerven, mit ihrer Unterwürfigkeit.
Wieso müssen Menschen alt werden, fragte Franz Opa, der ein Sofakissen auf die Balkonbrüstung gelegt hatte und eine Virginia rauchte.
Franz hörte Omas Lachen aus der Küche, das Prasseln der Spielfiguren auf dem Linoleum.
Das ist der schönste Moment des Tages, sagte Opa und blies mit Genuß den Rauch aus. Hat die Gräfin wieder ihre Bedienstete nach oben befohlen, fragte er.
Ich kann dir sagen, warum die Menschen alt werden, sagte er dann. Weil es besser ist als jung zu sterben. Weil man weniger traurig ist über ihren Tod. Weil die Kinder sagen, endlich ist der alte zahnlose Depp hinüber und kann uns unser Erbe nicht mehr wegfressen.
Was ist Erbe, fragte Franz sich im stillen. Was Ähnliches wie Erbse.
Ich gehe runter, Ball spielen, sagte er.
Warte, sagte Opa. Weißt du, wie lange zwei Minuten sind.
Klar, sagte Franz.
Dann sag ›jetzt‹, wenn du glaubst, daß zwei Minuten vergangen sind, sagte Opa und zog seine Uhr aus der Hosentasche.
Jetzt, sagte Franz viel zu schnell.
Siehst du, sagte Opa. Zwei Minuten sind viel länger, als du geglaubt hast. So viel Zeit haben wir in unserem Leben, aber nur die wenigsten wissen etwas damit anzufangen. Und jetzt kannst du runter gehen und Ball spielen.
Franz hatte einen roten Ball mit weißen Punkten.
Er warf ihn in die Luft und fing ihn wieder auf.

He, sagte ein großer Junge. Schöner Ball. Darf ich mal.
Der Junge verschwand mit dem Ball.
Kriegst ihn gleich wieder, rief er. Und eine Überraschung.
Franz wartete auf den Ball. Er riß von einer Trauerweide einen Zweig ab und machte eine Peitsche draus.
Er spielte, daß er ein Pferd hatte und über die Prärie ritt.
He du, rief der Junge von einem Balkon.
Hier hast du deinen Ball.
Er warf den Ball vom Balkon runter. Der Ball war nicht mehr rot mit weißen Punkten. Er war schwarz. Der Junge hatte den Ball schwarz angemalt. Franz schaute auf seine schwarzen Hände und auf den schwarzen Fleck an seiner Bluse.
Viel Spaß beim Ballspielen, rief der Junge und lachte.
Danke, sagte Franz und lächelte, weil er dachte, daß der Junge ihm eine Freude hatte machen wollen.

Hinter einer Bude / saß ein Jude / hat den Kopf voll Läuse / enedenedäuse / Wer ist dein geliebter Schatz?
Woher lernten die Kinder solche Sprüche?
Sie waren einfach da, keiner hatte sie ihnen beigebracht.
Was ist denn das, ein Jude?
Es wird schon etwas sein. Etwas Lustiges.
Die Mutter hat im Luftschutzkeller gesessen, als Krieg war. In der Wohnung hat es Putz in die Knödelschüssel geregnet.
Die Mutter hat mit ihren Freundinnen auf dem Friedhof gespielt. Es hat Tote geregnet, ins Massengrab hinein.
Mit vierzehn war der Vater Soldat, mit sechzehn ein Kriegsgefangener, mit siebzehn ein Flüchtling.
Essen gab es wenig und nur, wenn man Marken hatte.

Kartoffeln, nichts als Kartoffeln haben wir zum Essen gehabt, in der schlechten Zeit. Wir fuhren zum Hamstern aufs Land.
Es hat uns aber nicht geschadet.
Kann denn ein Krieg wiederkommen?
Wenn die Russen kommen mit ihren Panzern.

Als Franz sieben war, kam sein Bruder Steffen zur Welt. Er hatte eine bronzene Haut, braune Augen, dunkles volles Haar, er schrie mit melodischer Stimme.
Der Stammhalter, sagte Oma zur Mutter. Du hast es geschafft.
Affenbaby, vom Stamm der Stinkaffen, sagte Franz und bohrte dem Bruder den Finger in die Nase.
Er duschte den Bruder mit sehr heißem Wasser ab, als die Mutter nicht zu Hause war. Er sprühte ihn mit Fliederduftspray ein, das auf dem Klo herumstand und nie benutzt wurde. Er warf sich eine Decke über den Kopf, machte Krallenhände und fauchte.
Wenn Steffen weinte, strich Franz ihm fest über den Kopf.
Er drückte ihn an sich.
Ich bins nur, Franz, sagte er dann, und wenn Steffen sich zu beruhigen begann, rollte er wieder mit den Augen und knurrte.
Franz stellte sich tot. Ein spitzes Küchenmesser steckte in seiner Brust.
Steffen weinte.
Heulsuse, sagte Franz und zog ein Stück Holz unter der Bluse hervor, auf das er mit roter Wasserfarbe einen Blutfleck gemalt hatte.
Steffen war eine Heulsuse. Er war ein Klotz am Bein.

Wenn er schlief, legte die Mutter mahnend den Zeigefinger auf den Mund.
Geh hinaus, setz dich auf eine Decke und spiel was Schönes, sagte sie zu Franz.
Franz ging vors Haus und setzte sich unter eine Decke.
Dann ging er Fahrradfahren. Er fuhr freihändig. Er stellte sich auf den Gepäckträger und streckte einen Fuß nach hinten. Er legte seine Unterarme auf den Lenker. Er war der Weltmeister im Fahrradfahren. Ein großes Publikum jubelte ihm zu.
Franz kam nach Hause. Er kramte leise Pflaster aus dem Schrank im Flur. Er drückte die Wunde zusammen und klebte Pflaster darüber. Er wusch das Blut weg.
Was machst du da, fragte seine Mutter, die ins Badezimmer gekommen war.
Nichts, sagte Franz.
Mußt du immer Scherereien machen, fragte die Mutter, und fuhr ihn ins Krankenhaus.
Der Arzt schnitt den Faden ab. Er sagte, keine Angst, bis du verheiratet bist, kann man nichts mehr sehen.
Franz war enttäuscht.
Sie ist ein halber Junge, sagte die Mutter entschuldigend zum Arzt.
Das wird sich schon noch auswachsen, lächelte dieser. Ein paar Jahre noch, Sie werden schon sehen. Die Natur wird sich von selbst bemerkbar machen.

Im Sommer fuhren sie zu einem Hotel auf dem Land.
Die Eltern saßen im Garten. Sie tranken Eiskaffee und spielten Canasta.
Steffen steckte Kies vom Gehweg in den Mund.
Neben dem Hotel waren ein Schlachthaus und eine Eisfabrik.

Franz stellte sich in die offene Tür des Schlachthauses und sah zu, wie eine Kuh geschlachtet wurde. Die Schlachter trugen weiße Gummischürzen und sprachen wenig. Der Kuh wurde zwischen den Augen ein Bolzen ins Gehirn getrieben. Im Sterben pißte sie einen dicken dampfenden Strahl. Mit Hilfe eines Flaschenzugs wurde sie Richtung Decke gezogen, bis sie kopfüber im Raum hing. Alles ging sehr schnell. Plötzlich war da keine Kuh mehr, sondern nur noch Einzelteile, die an großen Fleischerhaken sanft schaukelten. Die Augen und die entleerten Därme kamen auf ein Tablett.
Schon wurde die nächste Kuh hereingeführt.
Franz erfand wieder Mutproben, die er abends in Geheimschrift auf ein Blatt Papier schrieb: *Die Augen nicht zumachen, wenn die Schlachter den Abzug drücken. Die Därme und die Augen berühren, einundzwanzig – zweiundzwanzig zählen. Sich so weit wie möglich in das Schlachthaus hineinstellen, ohne sich die Nase zuzuhalten.*
Während Franz den Kühen beim Sterben zusah, war Lena bei der Bäuerin im Kuhstall. Sie kannte die Namen der Kühe und half, sie auf die Weide hinauszutreiben. Sie legte ihnen Heu in die Futterrinne. Sie durfte beim Melken helfen.
Lena bekam rote Backen und Franz wurde immer blasser.
Manchmal standen sie zusammen vor dem Fenster der Eisfabrik und ein weißgekleideter Arm reichte ihnen Eishörnchen heraus.
An den Sonntagen durften sie in die Wohnung der Hotelbesitzer gehen, um mit deren Kindern *Bonanza* in Farbe zu gucken. Der Sohn der Hotelbesitzer hielt sich

ein Glas an die Hose, in das er hineinfurzte. Dann forderte er die anderen auf, die Nase in das Glas zu stecken: Eintrittspreis fürs Farbfernsehen.
Franz ging so nahe an den Bildschirm heran, bis er sehen konnte, daß die Ponderosa aus Punkten bestand: blau, grün und rot. Vielleicht bestand die ganze Welt aus solchen Punkten, und wenn man den Dingen nur nahe genug kam, lösten sie sich auf.

Im Fernseher sah Franz kleine dicke Männer in weißen Anzügen. Ihre Köpfe steckten in Helmen. Es waren die ersten Männer auf dem Mond.
Sie steckten eine Fahne in den Mond. Damit wollten sie beweisen, daß sie die ersten waren. Nicht nur die ersten Menschen, sondern auch die ersten Amerikaner auf dem Mond! Sie ließen ihr Zeichen zurück, sie hatten etwas Sinnvolles in ihrem Leben getan, stellvertretend für alle anderen Menschen. Es war ein großartiger Moment.
Na und, was sollte das? Sie waren hingeflogen, und jetzt waren sie da. Sie liefen mit großen Schuhen um ihr Raumschiff herum. Dann stiegen sie wieder ins Raumschiff ein und flogen zurück zur Erde. Sie nahmen ein paar Steine mit.
Man würde von nun an mehr über den Mond wissen. Warum wollte man mehr über den Mond wissen? Weil der Mensch über alles so viel wissen will, wie es nur geht.
Es dürfen keine Fragen mehr offenbleiben.
Denn wenn Fragen offen sind, ist das ein Zeichen dafür, daß der Mensch noch nicht genug getan hat. Wenn eine Frage beantwortet wird, entsteht eine neue Frage. War man auf dem Mond gewesen, begann man, über den

Mars nachzudenken. Das, was andere mit ihrer Fahne beschmutzt hatten, lockte keinen mehr an, der auf sich hielt.
Irgendwo gab es viele Männer, die sich mit diesen Dingen beschäftigten. Aber hier, in Franz' Welt, waren sie nicht. Die Männer in Franz' Welt gingen in der Früh in ein Büro, aus dem sie am Abend zurückkamen. Was machten sie in diesem Büro?
Sie saßen an einem Schreibtisch.
Und weiter?
Keine Ahnung, keine Ahnung!
Du weißt doch, daß dein Vater Steine verkauft!
Steine ja, aber keine Steine vom Mond, sondern Gartenplatten für neue Eigenheime.
Die Männer im Fernsehen hinterließen Fußabdrücke auf dem Mond. Sie hatten eine Kamera dabei, mit der sie sich für die Welt filmten. Sie kraxelten auf dem Mond herum und wußten, daß ihnen die ganze Welt dabei zusah. Hätten sie die Kamera nicht dabei, dann wüßte ja niemand, daß sie dagewesen sind!
Alles ist nur halb so schön, wenn man nicht dabei gesehen wird.
Irgendwo auf der Welt konnte jetzt ein Kind sehen, wie sein Vater auf dem Mond herumspazierte.
Freute sich das Kind?
Die Männer waren schwerelos, weil man nur auf der Erde etwas wiegt. Sie schwebten in ihrem Raumschiff herum und hatten viel Spaß. Sie lachten hinter ihren Astronautenhelmen. Sie gingen in die Weltgeschichte ein.
Die Männer in der Welt von Franz gingen auf steifen Beinen zum Auto, sie schwebten nicht. Sie hatten keinen Spaß in ihrer Raumkapsel. Sie lachten nicht hinter der

Windschutzscheibe. Sie liefen nicht einmal ums Haus. Warum auch? Wieso bitteschön sollte man ums Haus herumlaufen? Um eine Raumkapsel wäre man schon gerne mal herumgelaufen. Weil man aber nicht um eine Raumkapsel herumlaufen konnte, hielt man sich lieber an den Sessel im Wohnzimmer.

Rechtzeitig zur Mondlandung war der neue Farbfernseher gekommen. Man wußte nur das von der Welt, was man am Fernseher sehen konnte. Was würde man sonst schon wissen? Man würde aus dem Fenster schauen und sehen, daß Frau Gruber eine neue Frisur hatte. Eine neue Perücke, genauer gesagt, denn vom Krebs waren ihr die Haare ausgefallen.

Der Krebs kommt zu den Menschen, die zu viel Kummer in sich hineingefressen haben. Er wird in ihnen groß und krabbelt dann herum, so daß kein Platz mehr ist für etwas anderes. Manchmal schneidet man sie auf, schaut hinein und näht sie wieder zu.

Kein Wunder, daß Frau Gruber Krebs hat, denn ihr Mann ist fremdgegangen.

Fremdgegangen. Was soll nun das schon wieder bedeuten? Vielleicht hat er sich im Wald verlaufen.

Sie hat sich aber auch gehenlassen.

Einen Hefeteig mußte die Mutter gehenlassen.

Eine Frau war aber kein Hefeteig, sie mußte sich immer zurückhalten, damit es nicht zu viel von ihr gab. Das war ziemlich leicht zu verstehen.

Sonst lief der Mann weg, und an seiner Stelle kam der Krebs.

Franz schnitt Bilder von der Mondlandung aus der Fernsehzeitung aus und klebte sie in sein geheimes Heft.

Er zeichnete einen Pfeil, der auf eine der weißen Figuren

deutete, und schrieb daneben: *Franz, erster Mensch auf dem Mond.*

Was neu war, war viel besser als das, was alt war.
Der Vater hielt mit einem neuen Auto vor der Haustür. Mit etwas Neuem bekam man das Gefühl, das Leben würde ganz neu beginnen und viel besser. Franz setzte sich auf die Rückbank und atmete den neuen Geruch ein, einen Geruch von Plastik und einer neuen Zeit, die heute anfing. Bei dem neuen Auto konnte man die Rückfenster ganz herunterkurbeln und den Kopf hinauslegen, daß die Haare im Fahrtwind wirbelten. Franz fühlte sich glücklich. Beim Vater durfte er so etwas, die Mutter hätte gleich gesagt: Setz dich ordentlich hin!
Sie fuhren einmal um den Block herum, dann ein zweites Mal. Der Vater öffnete das Schiebefenster am Dach und steckte die Hand hinaus, als wollte er allen zuwinken, die vorbeikamen.
Er summte die ersten Takte von irgendeinem Lied.
Einen Tag lang war das Leben wie in einem Traum, oder besser: wie in einem Film. Schon am Morgen stürzte Franz zum Fenster, um zu sehen, ob das Auto noch da stand und glänzte.
Unschuldig stand es auf seinem Platz und gab dem ganzen Tag einen besonderen Schein. Es war, als lebte man stärker. Sogar das Honigbrot zum Frühstück schmeckte anders: richtiger, echter. Alles war in ein klares Licht getaucht. Diese gute Laune würde sich nicht mehr verlieren.
Das neue Auto war schwarz und weiß.
Der Schein verblaßte, es war schwer zu sagen, wie es geschah. Nach einer Weile stieg man in das neue Auto,

ohne darauf zu achten. Im Sommer waren die Plastiksitze heiß, und es bildeten sich kleine Schweißpfützen unter den nackten Oberschenkeln. Die Ader auf der Stirn des Vaters schwoll an, wenn er rückwärts einparkte. Er stieß angestrengte Laute aus. Die Mutter sagte, ich habe mindestens zwei Parkplätze gesehen, die größer waren, aber du hörst ja nicht auf mich. Der Vater sagte, und ob ich auf dich höre, die ganze Zeit höre ich auf dich, ich tue ja nichts anderes als auf dich hören, weil du ja immer alles besser weißt.
Hatte die eine Familie ein neues Auto, kaufte auch bald die nächste eines. Das neue Auto war immer größer als das alte. Die Autos standen auf den Parkplätzen und wurden vom Küchenfenster aus miteinander verglichen.
An den Autos konnte man sehen, wie ihr Besitzer war:
Angeber.
Geizhals.
Langweiler.
Großkotz.
Es kamen Kataloge nach Hause, in denen einem Dinge gezeigt wurden, die vielleicht schon bald das eigene Heim schmücken würden. Und dann wurde einem das Gewünschte nach Hause geschickt.
Immer wieder klingelte es an der Tür, und dann kamen Männer die Treppe herauf, die etwas Neues in die Wohnung brachten.
Das Alte können Sie gleich mitnehmen, sagte die Mutter. Sie war froh, etwas loszuwerden. Kurz konnte sie freier atmen.
Kurz war Veränderung möglich.
Der neue Couchtisch stand im Wohnzimmer. Er hatte scharfe Ecken und Kanten. Man konnte ihn hinauf- und

hinunterkurbeln. Den alten Couchtisch hatte man nicht hinauf- und hinunterkurbeln können. Er war immer nur dagestanden, auf seinen vier Beinen. Seine Tischplatte hatte schon Flecken gehabt, die auch mit Möbelpolitur nicht mehr wegzukriegen waren.
Die Mutter stand vor dem neuen Couchtisch. Sie schien über irgend etwas nachzudenken. Dann zog sie sich an und ging. Als sie zurückkam, holte sie eine Plastikfolie aus ihrer Einkaufstasche. Sie faltete die Plastikfolie auf und legte sie über den neuen Couchtisch.
So, sagte sie.
Es klang nur halb zufrieden.
So war es mit der Mutter und den neuen Dingen: Die neuen Dinge waren nie so, wie die Mutter sie sich vorgestellt hatte. Der Couchtisch zum Beispiel war eine Spur zu groß geraten. Die Farbe der neuen Couch hatte im Möbelhaus ganz anders ausgesehen. Die neue Tapete machte das Zimmer doch kleiner. Sie hatte inzwischen bei Bekannten schon wieder etwas gesehen, was ihr besser gefiel.
Die Bestandteile eines neuen und besseren Lebens kamen ihr mit einem Mal aufdringlich vor. Kaum waren die Dinge da und nahmen Platz ein, schienen sie einen schon wieder am Leben zu hindern. Seelenlos und klotzig standen sie herum und verursachten eine gewisse Übelkeit.
Könnte man hinauskotzen, was einen von sich selber trennte.
Man konnte es aber nicht. Sowieso fühlte die Mutter sich zu fett, abgefüllt mit einem Leben, das irgendwie nicht mit ihr zusammenhing. Es gärte in ihr.
Vielleicht konnte man wenigstens den Couchtisch davor

schützen, vom Leben beschmutzt und besudelt zu werden. Unter seiner Plastikfolie schlummerte er in völliger Unberührtheit.
Dieser Familie war ja nichts heilig; die Mutter mußte mit der nötigen Voraussicht dafür sorgen, daß sie in ihrer Achtlosigkeit nicht über alles herfiel und es in den Dreck des Gewöhnlichen hinunterzog.

In sein geheimes Heft schrieb Franz alles, was ihm einfiel.
Franz schrieb: *Sprechen ist nicht klar genug, es hält mich von den wichtigen Dingen ab.*
Franz schrieb Geschichten, in denen er selber der Held war. Der Held hieß Franz, er ritt auf weißen Pferden und rettete schöne Mädchen aus den Händen einer Räuberbande.
Wenn jemand in der Schule die Antwort nicht wußte, fragte die Lehrerin Franz. Manchmal tat er so, als wüßte er die Antwort auch nicht. Niemand sollte sich schlecht fühlen, weil Franz eine Antwort wußte.
Franz' Nachbarin trug eine dicke Brille und stotterte.
Franz sprach nie mit ihr, aber er war ihr Beschützer.
In der Pause verprügelte er den Angeber, der die Brille seiner Nachbarin in den Papierkorb geworfen hatte und sich dann brüllend auf die Schenkel schlug, als sie sich an der Wand entlang nach vorn tastete. Jetzt klopfte der Angeber sich den Schmutz von den Kleidern. Er jammerte, weil seine Hose am Knie zerrissen war und es zu Hause ein Donnerwetter geben würde. Die anderen Kinder jubelten und nahmen Franz in ihre Mitte, sie führten ihn im Triumphzug über den Schulhof.
Er sagte nur: Das war doch selbstverständlich. Das hätte doch jeder gemacht.

In seinem Heft verprügelte Franz alle Angeber.
Die Lehrerin fuhr ihm nach dem Unterricht über die Haare, und Franz durfte seine Hand auf ihre Brust legen.
Die Brust fühlte sich weich an, wie eine Wolke.

Essen hält mich von den wichtigen Dingen ab, schrieb Franz.
Dieses Kind könnte von Brot und Wasser leben, sagte die Mutter.
Sie gab ihm Malzbier zu trinken, weil er dünn war und blaß.
Daß der Mensch essen mußte, war etwas Schlechtes, begriff Franz. Erst aß man lautstark und schleckte sich die Finger und die Lippen ab, dann kackte man wieder in aller Heimlichkeit und verbreitete schlechte Luft. Alles verwandelte sich in einem in eine lange braune Kackwurst. Oder in kleine harte Bällchen, die aus einem herausploppten.
Wo immer Menschen waren, aßen und kackten sie die ganze Zeit.
Fährst du gerne ins Büro, fragte Franz seinen Vater.
Ich frage mich nicht, ob ich gern ins Büro fahre, sagte der Vater. Ich tue es einfach. Sonst würden wir ja verhungern.
In den Märchen hatten die Menschen drei Wünsche frei.
Franz dachte sich drei Wünsche aus: Keinen Hunger mehr haben. Immer spielen dürfen. Nicht erwachsen werden.
Hätte man keinen Hunger mehr, hätte man endlich Zeit dafür, die wichtigen Dinge zu tun.
Was waren die wichtigen Dinge? Na zum Beispiel: schnitzen, balancieren, durch die Finger pfeifen.

Die Mutter zeigte Franz Bilder in Zeitungen, auf denen er Kinder mit dünnen Armen und Beinen und dicken Bäuchen sah. Sie lebten jetzt, in dieser Sekunde, atmeten und fühlten und hatten Hunger, während Franz hier am Küchentisch saß und ohne Appetit in seinem Wirsinggemüse herumstocherte.

Zum Mittagessen gab es Wirsinggemüse, Kohlrouladen, Leberknödelsuppe, Schweinegeschnetzeltes, Risibisi, Kohlrabigemüse, Suppenfleisch, Spaghetti Bolognese, Blut- und Leberwurst, Fingernudeln, Reiberdatschi, Grießnockerlsuppe, Pichelsteiner, Dampfnudeln, G'röstl, Sauerkraut, Birne Helene, Fruchtsalat, Schokoladenpudding, Nudelsuppe, saures Lüngerl, Fleischpflanzerln, Eierstichsuppe, Pfannkuchensuppe, Leber gebraten, Königsberger Klopse.

Sollte Franz vielleicht froh sein, daß er etwas zu essen hatte und andere nicht? Sollte er deshalb mit doppeltem Appetit reinhauen?

Sollte er denn für die mitessen, die nichts zu essen hatten?

Und Gott wollte das so?

Franz zupfte alle Fleischstücke aus dem Essen und legte sie an den Rand seines Tellers.

Was hier und jetzt tot auf seinem Teller lag, könnte genausogut lebendig auf einer Wiese herumspringen.

Die Mutter nahm die Fleischstücke, bestrich sie nacheinander mit Meerrettich und steckte sie in den Mund.

Franz sprang auf und hängte den Kopf ins Spülbecken.

Er würgte und spuckte ein wenig Speichel in den Abfluß.

Heute keine *Bezaubernde Jeannie*, rief die Mutter und schickte Franz ins Kinderzimmer.

Franz preßte seinen Mund gegen das Schlüsselloch und heulte.

Wenn du so heulst, gibt es eine ganze Woche Fernsehverbot.
Franz haute die Fersen gegen die Tür.
Er ging zum Schreibbuch. Er kreuzte die Arme über der Brust wie die *Bezaubernde Jeannie*. Er zwinkerte mit den Augen. Er verzauberte seine Familie. Sie konnten sich nicht mehr bewegen, und Franz schaltete den Fernseher ein.
Gott ist doof, schrieb er. *Ich hasse Mama.*
Dann strich er *Mama* durch und schrieb: *alles.*

Die Eltern fuhren zu Großvater und Großmutter nach München.
Großvater war der Vater des Vaters und Großmutter seine zweite Frau.
Als die Eltern zurückkamen, setzte die Mutter sich ins Kinderzimmer und sagte:
Großvater hat eine tödliche Krankheit.
Sie sagte, daß der Großvater in einem Zelt lag.
Franz hätte immer schon gern in einem Zelt übernachtet, auf der Wiese vor dem Haus, aber die Mutter hatte gesagt, das ging nicht.
Lena fing schon an zu weinen.
Was hast du, sagte Franz, tödlich ist doch nicht ganz tot, vielleicht wird der Großvater ja wieder.
Das Zelt hätte er gern gesehen.
Es ist ein Sauerstoffzelt, sagte die Mutter, ohne das würde er ersticken.
Franz legte sich in der Nacht ein Kopfkissen über den Kopf und versuchte herauszufinden, wie es sich anfühlt, wenn man erstickt.

Franz träumt wieder.
Er ist in der Wüste.
Etwas anderes ist auch da.
Es ist unsichtbar, aber er weiß trotzdem, daß es groß ist.
Als er anfängt zu rennen, ist es gleichzeitig vor ihm und hinter ihm.
Er kann es nicht abschütteln.
Es lacht ihn aus, hhahha.
Er kann den Traum nicht erzählen.
Er kann es niemandem erklären.
Was ist, hast du was?
Nichts, was soll schon sein?

Opa sagte, der Tod, was ist das? Es ist wie ein Schlaf, aber anders.
Er sagte zu Franz, komm. Sie gingen zum Leichenhaus und schauten durch das Fenster hinein. Ein Mädchen trug ein weißes Kleid. Einen weißen Kranz im Haar. Und langes blondes Haar. Man hatte sie zugedeckt.
Und wenn sie nicht tot ist, sagte Franz. Wenn sie aufwacht und merkt, der Sarg ist zu, und sie will sich herumdrehen, und es geht nicht.
Sie hatte etwas auf der Wange, eine rote Blüte, ein Rosenblatt.
Franz atmete nicht. Vielleicht ging sein Atem dann in das Mädchen, und sie fing wieder an zu leben. Er mußte es fest wünschen. Oder es war nur ein Traum, daß er hier stand und auf ein totes Mädchen blickte. Die Augen fest zumachen und sich dann in den Arm zwicken.
Zwischen seinen Fingernägeln war jetzt ein kleiner Hautfetzen, aber er stand immer noch mit Opa vor dem Fenster des Leichenhauses. Opa sagte, jetzt komm, jetzt

hast du den Tod gesehen. Franz drehte sich um, dann schaute er schnell zurück:
Sie hat sich bewegt, ein klein wenig, die Augen, ich habe es gesehen! Schau doch, die Augen. Und die Blüte auf der Wange ist verrutscht, das Rosenblatt.
Nein, sagte Opa fest. Sie ist tot.

Tot, sagte Franz.
Die Ameisen liefen eilig zwischen den Steinplatten herum und verkrochen sich dann.
Sie gruben den Sand heraus und machten kleine Häufchen.
Man tötet keine Tiere nur zum Spaß.
Franz trat auf sie, zerquetschte sie mit den Absätzen, er war der Herrscher über Leben und Tod.
Tot tot tot tot tot tot. Tottottottottottot.
Franz sagte es so lange, bis das Wort verschwand. Dann war es für eine Weile weg. Aber nicht lange, und es kam wieder.
Tot tot tot.
Es funktionierte mit allen Wörtern. Wenn man sie oft genug vor sich hinsagte, bedeuteten sie nichts mehr.
»Auge« zum Beispiel. Oder »Bein«.
Überhaupt: Warum hieß das Auge »Auge« und nicht »Bein«? Franz konnte so tun, als würde das Auge »Bein« heißen. Er konnte sagen »Mache meine Beinlein zu«, wenn er schlafen ging, und er würde genau wissen, was es bedeutete.
Und woher wußte er eigentlich, daß er lebte und nicht tot war? Vielleicht war er tot, und das war der Tod, daß man dachte, man lebt, tut Dinge, hat Eltern, Geschwister, geht zur Schule, ißt, trinkt, fährt Fahrrad, steigt auf Bäume.

Vielleicht trauerte irgendwo jemand um ihn? Wo? In der Welt, in der er tot war. Vielleicht gab es seine Eltern zweimal? In der Welt, in der er wirklich tot war, und in der, in der er nur zum Schein lebte. Und diese Eltern waren seine Schein-Eltern, und irgendwo trauerten seine wirklichen Eltern um ihn?
Oder sie alle waren tot, und es gab überhaupt niemanden, der lebte?

Franz spielte mit Lena heilige Kommunion. Er war der Pfarrer und legte ihr eine Backoblate auf die Zunge. Die Mutter machte in der Küche Kokosmakronen. Lena kniete nieder und senkte den Kopf. Franz machte das Kreuzzeichen über ihrem Scheitel. Das Telefon klingelte. Die Mutter kam mit ihrer Küchenschürze ins Zimmer und setzte sich aufs Bett.
Sie sagte: Großvater ist jetzt tot.
Der Tod war langweilig. Er war nur ein Wort. Franz wollte weiterspielen. Er breitete die Arme zu einer segnenden Geste aus. Lena hatte ihm einen Wollschal umgelegt, als Stola.
Gehet hin in Frieden, sagte er.
Dank sei Gott dem Herrn, antwortete Lena, die ein Kopftuch trug, wie eine der alten Frauen aus der Kirche, mit zittriger Stimme.
Dann kicherten sie, aber leise, weil die Mutter gesagt hatte: Wenn jemand gestorben ist, darf man nicht lachen.
Auch wenn man ihn nicht gemocht hat, wie Großvater?
Auch dann.

Franz wollte seinen Vater weinen sehen.
Großvater lag im Leichenhaus in seinem Sarg und war gelb im Gesicht. Franz' kleiner Kusin Robert zielte mit dem ausgestreckten Zeigefinger auf die Kerzen neben dem Sarg.
Die Tante riß ihm die Hand herunter.
Robert boxte die Tante und bekam eine gewischt.
Der Sarg wurde zum Grab getragen. Franz ging neben Lena. Jemand vor ihnen wäre beinahe auf dem Glatteis ausgerutscht.
Schade, daß sie den Opa nicht verbrannt haben, flüsterte Franz und machte eine Kunstpause.
Sonst hätten wir die Asche auf den Weg streuen können.
Diesen Witz hatte er kürzlich gelesen.
Kusin Robert wollte seinen Blumenstrauß nicht ins Grab werfen. Die Tante mußte ihm den Strauß aus der Hand reißen und Robert ließ sich schreiend auf den gefrorenen Boden fallen.
Franz spielte, daß sein eigener Vater im Sarg lag. Er stellte sich vor, daß ihn jemand beim Traurigsein filmte. Als er sich das vorstellte, füllten sich seine Augen mit Tränen.
Beim Leichenschmaus wurden Geschichten von Großvater erzählt.
Er hat einmal mit dem Luftgewehr Löcher in die Wand geschossen, weil das Essen nicht um Punkt zwölf auf dem Tisch stand. Alle lachten.
Er war ein richtiges Ekel, ein Scheusal, ein widerlicher Tyrann, rief Onkel Gerd, und Franz schaute von der Seite zu Großmutter hin.
Die wischte sich gerade die Lachtränen aus den Augen.

Hat Großvater die Juden vergast? fragte Lena auf dem Heimweg im Auto.
Unsinn, ihr habt wirklich keine Ahnung.
Aber gut gefunden hat er es?
Das waren andere Zeiten, das könnt ihr nicht verstehen, und gewußt hat er es auch nicht, keiner hat es gewußt, was glaubt ihr denn.
Vielleicht hat deine Mutter sich deshalb umgebracht.
Wer sagt denn, daß sie sich umgebracht hat, wer erzählt denn so was. Wie wollt ihr etwas wissen, was nicht einmal ich weiß.
Willst du es denn nicht wissen?
Ich weiß nicht, ob ich es wissen will.

Dein Bruder Gerd ..., hörte Franz die Mutter zum Vater sagen.
Franz hörte hin, weil Gerd sein Lieblingsonkel war.
Er war ein Halbbruder des Vaters, der erste Sohn von Großmutter und Großvater.
Die Mutter behauptete, daß Gerd sich die Augenbrauen auszupfte.
Ja und?
Kein Mann tut das, wenn er sich nicht zum Affen machen will. Denn ein Mann, der sich herrichtet wie eine Frau, ist etwas Minderwertiges, eine Schande für sein Geschlecht.
Was ist das: Geschlecht?
Das kann nichts Gutes sein.
Er stinkt auch wie ein ganzer Parfümladen.
Gerd sah anders aus als die anderen Männer, die es in Franzens Leben gab. Er hatte blonde, sorgfältig frisierte Haare, die sich im Nacken wellten, große blaue Augen

und lange Wimpern, die wie Schmetterlinge vor seinen Augen flatterten. Er ging mit beweglichen Hüften und so leicht, als würden seine Füße den Boden kaum berühren. Wenn er etwas erzählte, lachte er immer dazu.
Franz verstand fast nie, wovon Gerd sprach.
Eines Nachmittags war Gerd unangemeldet mit einem rotglänzenden Mercedes Cabriolet vorgefahren. Das weiße Lederverdeck hatte er aufgeklappt. Er kam aufs Haus zugeschlendert und schob seine große Sonnenbrille ins Haar. Er trug hellblaue Schlaghosen und rote Schuhe mit Absatz. Sein gelbes Hemd hatte einen großen Kragen und war an der Knopfleiste gerüscht. Er zeigte seine weißen Zähne.
Ich mache eine Probefahrt mit dem Schlitten, erzählte er unter Lachen. Ich bleibe nicht lange, keine Angst, ich bringe euch schon keinen Knoten in eure Tagesordnung, in einer halben Stunde haue ich wieder ab.
Er sprach mit einer hohen, sich überschlagenden Stimme.
Franz saß auf dem Sofa und starrte Gerd an wie ein fremdartiges Tier. Gerd beachtete Franz kaum. Er fragte ihn nie etwas. Er sagte nie, Franz sei groß geworden oder was die Erwachsenen so zu sagen pflegten.
Vielleicht mochte Franz ihn auch deshalb.
Um seinen Hals hingen dicke Ketten mit Medaillons, die klirrten, wenn er sich bewegte.
Wie ein Pfingstochse, sagte die Mutter später, als Gerd schon gegangen war.
Gerd kam aus einer anderen Welt. Es gab keine Schulen und keine richtige Arbeit in dieser Welt. Es war eine Welt, in der man tun konnte, wozu man gerade Lust und Laune hatte, wie die Mutter es ausdrückte.

Einmal hatten sie Gerd in München besucht. Er wohnte bei einem Freund, in einer Villa am Rand der Stadt.
Im Wohnzimmer hing ein Kronleuchter an der Decke. Die Wände waren mit dunklem Holz getäfelt. Tapetentüren führten in geheime Räume. Im Garten war ein leerer Swimmingpool, in dem das Laub sich sammelte.
Wozu brauchen zwei Menschen so viel Platz, hatte die Mutter gefragt, als sie im Auto saßen und nach Hause fuhren. Das ist doch die reine Protzerei, das ist doch Größenwahn, das ist doch der pure Irrsinn.
Und Gerd redete unablässig in einer Sprache, die Franz nicht verstand, obwohl sie Deutsch war. Er kannte die Worte, aber sie bezeichneten Dinge und Zusammenhänge, von denen er nichts wußte.
Die Mutter legte jetzt mit steinernem Gesicht Kuchenstücke auf die Teller.
Gerd lehnte sich im Sessel nach hinten und streckte seine Beine mit der hellblauen Schlaghose von sich. Er betrachtete lächelnd die Einrichtung.
Habt ihr einen neuen Wohnzimmerschrank, sagte er. Schick-schick. Echt Möbel Moser, stimmt's. Er schickte ein kreischendes Lachen hinterher.
Gerd war Ausdruckstänzer. Behauptete Franz immer in der Schule. Es stimmte aber nicht.
Was stimmte: Gerd hatte einmal Ausdruckstänzer werden wollen. Aber er war es nicht geworden. Er hatte auch vieles anderes werden wollen, aber nichts davon hatte er gemacht.
Jetzt verkaufte er bunte Fetzen in einer Boutique in München.
Eine Schmetterlings-Existenz, sagte der Vater.
Die Mutter sagte, ich möchte nicht wissen, was der für dunkle Geschäfte treibt.

Franz stellte sich einen dunklen Raum vor, der mit vielen bunten Stoffstücken vollgestopft war. Ab und zu flatterte ein Schmetterling auf. Und Gerd ging darin herum und lachte sein hohes Lachen.
Seine zwanghafte Lustigkeit macht mich krank, sagte die Mutter. Was ist denn das für ein Leben, in dem man nur an sich selber denkt. Und wie herablassend er mich immer ansieht. Aber meinen Kuchen ißt er doch. Danke hat er übrigens nicht gesagt.
Ich mag ihn nicht, sagte sie zum Vater. Weil er mir das Gefühl gibt, eine blöde Kuh zu sein. Weil er sich als was Besseres vorkommt, der ausgehaltene Stenz.
Gerd war vom anderen Ufer, hatte Franz einmal gehört. Das war bestimmt etwas Besonderes. Vielleicht flog er deshalb so oft in fremde Länder. Dann kam er mit Koffern voller Schmuck zurück.

Franz ging zum Spielen auf den Friedhof.
Er pflegte die Gräber der vergessenen Kinder.
Er goß Wasser auf die vertrocknete Erde. Er pflückte Blumen von den anderen Gräbern oder vom Komposthaufen. Er wischte mit den Händen über den Grabstein. Er stand vor dem Grab und faltete die Hände.
Wenn auf dem Friedhof ein Grab frisch ausgehoben worden war, stellte er sich daneben und schaute in das Loch hinunter.
Er nahm einen Klumpen Erde in die Hand und roch daran.
Er stocherte in der frischen Erde.
Er stocherte so lange, bis er einmal einen Knochen fand, ein Stück einer Hüfte vielleicht.
Er wollte doch ganz genau wissen, was eines Tages auch auf ihn wartete.

War es möglich, daß die Antwort auch da nicht zu finden war, wo alles zu enden schien?

Franz stellte sich vor den großen Spiegel im Schlafzimmer der Eltern und sang alle Schlager, die er kannte.
Ich will nen Cowboy als Mann
Ganz in Weiß
Auf der Carnaby Street
Mama
Er verbeugte sich vor einem unsichtbaren Publikum, er nahm mit weit ausgebreiteten Armen den Applaus entgegen.
Auf Kinderfaschingsfeiern im Gemeindesaal ging er in seinem Gärtnerkostüm auf die Bühne, stellte den Korb neben sich ab und sang ins Mikrofon. Die Kinder applaudierten, und der Kaplan, der sich als Clown verkleidet hatte und am Hut eine langstielige Blume trug, überreichte ihm eine Schachtel Pralinen.
Wenn Verwandte zu Besuch waren, sagten sie: Du singst wie der Heintje, zum Verwechseln, und drückten ihm ein wenig Geld in die ausgestreckte Hand.
Das hat sie von mir, sagte Oma, denn sie konnte zu jedem Lied die zweite Stimme singen und hatte sich als junge Frau selbst das *Lied einer Jungfrau* auf dem Klavier beigebracht.
Ihre Zither und ihre Geige hatte sie kürzlich an ihre Putzfrau verschenkt, weil die vier Kinder hatte und wenig Geld. Manchmal spielte Oma noch auf der Gitarre *Lustig ist das Zigeunerleben* und sang dazu.
Franz schrieb einen Brief an Heintje, Holland, aber er bekam keine Antwort.
Bei der Hochzeit seiner Tante stellte er sich auf einen

Stuhl und sang, er verbeugte sich in alle Richtungen und gab eine Zugabe nach der anderen.

Von dem Geld, das sich nach und nach ansammelte, kaufte er sich eine Packung Geha Filzstifte, zwölf Stück, mit Spitzenformer.

Franz würde ganz sicher ein Schlagerstar werden. Er würde im Fernsehen auftreten und Autogramme geben.

Neumodischer Unsinn, knurrte Opa.

Franz' Klavierlehrerin Fräulein Silberbauer schrieb in sein Aufgabenheft: *Tonleitern nicht geübt, Note sechs, bitte hier unterschreiben,* und sagte, wenn du es deiner Mutter wieder nicht zeigst, dann muß ich bei ihr anrufen.

Ein Schlagerstar muß keine Tonleitern können, wußte Franz und schaute fasziniert zu, wenn Fräulein Silberbauer Notenhefte vor ihrem Körper durchblätterte, wobei jedes Blatt von ihrer Brust kurz aufgehalten wurde, bevor es weiterfiel.

Die Brüste von Fräulein Silberbauer sahen hart und spitz aus. Franz hätte nur die Hand auszustrecken brauchen, um zu wissen, wie sie sich in Wirklichkeit anfühlten.

Fräulein Silberbauer lebte noch bei ihren Eltern. Dabei fingen ihre Haare schon an, sich grau zu verfärben. Wenn sie sagte, du verschleuderst dein Talent, sah Franz sie an, ohne zu antworten. Dann wurde sie rot, klemmte ein Notenheft vor ihre Brust, um es durchzublättern, und gab Franz ein besonders schweres Stück auf.

Franz stellte sich vor, wie Fräulein Silberbauer ihren Eltern Rachmaninow vorspielte. Im Fenster, hinter der dicht gerafften Gardine, standen die Töpfe mit den Plastikblumen.

Der Vater würde zu schnarchen beginnen. Dann würde

Fräulein Silberbauers Mutter den Fernseher einschalten, im selben Moment, in dem Franz neben Peter Alexander im Scheinwerferlicht eine große Treppe herunterkam.

Franz saß in der Kirche und las die Aufschrift hinter dem Altar: *Kommet her zu mir alle, die ihr mühselig und beladen seid, ich will euch erquicken.* Er trug eine Augenklappe, weil er wieder ein Gerstenkorn hatte. Er konnte sich vorstellen, daß er ein Pirat war.
Die Mutter legte ihm zu Hause Quark aufs Auge und sagte, lieg still, kannst du mal für ein paar Minuten still liegen.
Franz beobachtete mit seinem guten Auge die Ministranten in ihren weißroten Gewändern, die auf der Treppe knieten und gleichzeitig mit ihren Handglocken läuteten, obwohl sie nicht zueinander hinsahen.
Das ist ein Wunder, dachte Franz.
Und die Statue der Mutter Gottes sah zu ihm her, sie sah ihn an, ihn, Franz. Auch das war wohl ein Wunder.
Im Dom hing eine Jesusfigur mit echten Haaren. Die Haare mußten jährlich geschnitten werden, weil sie noch wuchsen. So erzählte man sich jedenfalls, lernte Franz in der Schule.
Franz wartete darauf, daß Gott einmal zu ihm sprach. Oder ihm ein deutliches Zeichen gab. Ein Lichtstrahl. Eine Strafe. Etwas, das vom Himmel fiel.
Aber nichts davon geschah.
Franz kniete sich auf die Bank und faltete die Hände.
Wir bitten dich, erhöhle uns, sagte er im Chor mit den anderen und stellte sich vor, wie sich in seinem Innern ein Loch bildete, das größer und größer wurde. In diesem Loch würde Gott Platz haben.

Er ging zum Altar und ließ sich die Hostie in den Mund legen.
Der Leib Christi.
Franz schmeckte nach, er konzentrierte sich, er atmete tief durch die Nasenlöcher. Die Oblate hing am Gaumen.
Das ist mein Leib, der für euch hingegeben wird zur Vergebung der Sünden.
Das Wunder funktionierte nicht bei Franz. Die Oblate blieb eine Oblate. Er zerbiß sie und schluckte sie hinunter, er grub mit der Zungenspitze zwischen den Zähnen nach den klebrigen Resten.

Lena saß manchmal mit der Mutter im Wohnzimmer auf dem Sofa. Die Mutter öffnete ein großes blaues Buch und ließ Lena hineinschauen.
Wenn Lena zurück zu Franz kam, brachte sie ihm neue Dinge bei.
Wenn der Mann die Frau nackt sieht, wird sein Glied steif, und er steckt es in die Frau. Er pieselt in sie hinein, und dann wird sie schwanger.
So ähnlich erzählte es Franz in der Schule, als die Lehrerin Blumen an die Tafel malte und von den Bienen zu sprechen begann. Ein Mädchen fing an zu weinen.
Bist du wieder mal lustig, sagte die Lehrerin streng zu Franz.
Franz blickte fest auf die Bluse der Lehrerin. Sie hatte nämlich zwischen ihren beiden Brüsten noch eine dritte, etwas kleinere, die nach oben herauswuchs. Franz wollte die Hand auf die dritte Brust der Lehrerin legen und schauen, wie sie sich anfühlte.
Als er nach Hause kam, zog er das blaue Buch aus dem Regal. Es hieß: *Die Frau als Hausärztin.*

Er blätterte in dem blauen Buch die durchsichtigen Blätter um, auf denen Menschenkörper schichtweise abgebildet waren. Er blätterte sich von außen nach innen, die Haut, die Muskeln, die Knochen.
Er blieb lange vor dem Buch sitzen und betrachtete Bilder von Menschen mit schrecklichen Krankheiten. Er betrachtete aufgebrochene Geschwüre und halb abgefressene Nasen, gichtig verkrümmte Hände, Wolfs- und Hasenscharten, schorfige Hautkrankheiten, fleckigen Haarausfall.
Er sah all das lange an, er blätterte vor und zurück.
Er las auch über verschiedene Krankheiten des Geistes.
All diese Möglichkeiten waren in seinem Körper angelegt.
Der Körper konnte umschlagen in etwas sich selber Feindliches, er konnte aufbrechen, aus sich heraus wuchern, sich selber auffressen.
Von den Gedanken und den Gefühlen ging ebenfalls eine Gefahr aus. Sie konnten zu viel oder zu wenig werden, oder wie das auch zugehen sollte, und wie sollte man selber wissen, ob man verrückt war oder nicht.
Franz wünschte sich eine Röntgenbrille, mit der er in das Innere der Menschen hineinschauen könnte. In der Zeitung hatte er gelesen, daß es eine solche Brille gab. Dann könnte er auch unter die Kleidung der Lehrerin schauen und ihre drei Brüste betrachten.
Gedanken und Gefühle zu sehen, das war allerdings völlig unmöglich.

Als Franz bei einem Schlagerwettbewerb im großen Bierzelt des Quelle-Einkaufszentrums mit einer Heintje-Imitation den zweiten Preis gewonnen hatte, kam er in die Zeitung.

Der zweite Preis war ein lebendes Spanferkel.
Franz hätte den ersten Preis gewollt: ein Mofa, oder den dritten Preis: einen Kassettenrekorder, seinetwegen auch den vierten Preis: ein Transistorradio.
Schiebung, schrie das Publikum.
Das Kind wäre ja viel zu jung für ein Mofa gewesen. Deshalb haben sie es ihm nicht gegeben, sagte eine Nachbarin im Treppenhaus.
Kann man auf einem Schwein reiten, fragte Franz. Darf das Schwein bei uns auf dem Balkon wohnen.
Das Schwein wurde zum Schlachter gebracht und lag bald mit weißen Manschetten über den Pfoten auf einem silbernen Tablett.
Blaß stand Franz vor dem Schwein.
Braun gebacken lag das Schwein vor ihm, einen Bratapfel im Maul.
Alle Leute aus dem Haus waren zum Spanferkel-Essen eingeladen. Sie aßen und tranken und ließen Franz hochleben. Franz aß nichts, aber er mußte singen.
Mama.
Heidschibumbeidschibumbum.
Love Story.
Ich will nen Cowboy als Mann.
Franz war jetzt auf dem besten Weg, ein Schlagersänger zu werden. Er sang bei den bunten Nachmittagen im Altenheim und auf dem Betriebsfest einer Fabrik für Pilzkonserven. Manchmal stand ein kleiner Artikel über ihn in der Zeitung, hin und wieder mit Bild, und sein Vater schnitt sie alle aus und sammelte sie in einem Ordner.
Franz bekam eine Einladung zum Festabend in einem Kurhotel und machte sich mit seiner Mutter auf den Weg. Sie fuhren vier Stunden mit dem Zug. Franz bekam

einen Donald-Duck-Sammelband für die Reise und war in der Schule für zwei Tage entschuldigt. Das Leben eines Schlagersängers gefiel Franz.
Die Mutter brachte ihm vor der Aufführung ein rohes Ei, das er ausschlürfen sollte. Ein richtiger Schlagerstar muß das tun.
Franz legte das Ei an den Mund und schluckte.
Nach dem Konzert gingen sie im Kurpark spazieren.
Lächle, sagte seine Mutter, ein richtiger Schlagerstar muß lächeln.
Siehst du nicht, wie die alten Frauen zu dir herschauen. Was sollen die von dir denken. Setz ein freundliches Gesicht auf, tu mir den Gefallen.
Franz hörte, wie die Frauen flüsterten:
Das dressierte Äffchen.
Franz preßte die Lippen zusammen.
Zum ersten Mal hatte Franz keine Lust, ein Schlagerstar zu sein.
Am Tag nach dem Konzert sagte er finster, fahren wir zum Märchenpark. Seine Laune wurde noch schlechter, als er sah, daß der Märchenpark nur aus kleinen Schaukästen bestand, in die man eine Münze einwerfen mußte, damit die Figuren sich bewegten.
Das ist Betrug, sagte Franz, er setzte sich beleidigt auf eine Bank.
Er hatte gehofft, daß hinter einem Baum Rotkäppchen mit einem Korb hervorkommen würde.
Noch mehr hätte ihn aber der Wolf interessiert.
Du bist mir ein schöner Schlagerstar, sagte seine Mutter, ein Schlagerstar darf sich nicht so gehen lassen, ein Schlagerstar ist dazu da, andere zu unterhalten.

Franz wurde zu einem Schallplattenproduzenten eingeladen. Er übte zu Hause die *Love Story* und *Rain Drops Keep Falling on My Head.* Er sang vor dem Schlafzimmerspiegel und in der Badewanne, er begleitete sich auf dem Klavier, er nahm sich selber auf Tonband auf und hörte sich das Ganze dann an.
Fräulein Silberbauer zog eine Grimasse, als er ihr die *Love Story* vorspielte. Das ist keine Musik, das ist eine Beleidigung, sagte sie und legte eine Beethoven-Sonatine vor ihn aufs Notenbrett.
Franz sagte, ich fahre zu einem Schallplattenproduzenten nach München. Fräulein Silberbauer drückte ihm ein Buch in die Hand: *Beethovens Welt.* Franz steckte es in seine Notenmappe, ohne hinzuschauen. Er zog die Tür hart hinter sich zu. Wenigstens viel Glück hätte sie ihm wünschen können. Statt dessen hatte sie gesagt: Tonleitern üben nicht vergessen.

Franz hatte eine Freundin. Sie hieß Andrea und wohnte zwei Häuserblocks weiter. Manchmal gingen sie zum Neubaugebiet.
Betreten verboten stand da bei den Baustellen. *Eltern haften für ihre Kinder.*
Andrea und Franz kletterten in den ersten Stock eines roh gebauten Hauses. Sie sprangen aus dem Fenster in einen großen Sandhaufen.
Bevor Franz Andrea kennenlernte, hatte er von ihr gehört. Sie kratzt und beißt, sie reißt den anderen Kindern die Haare aus. Franz war mit dem Fahrrad zu ihrem Haus gefahren und hatte so getan, als sähe er sie nicht. Er war zum Klettergerüst gegangen, hatte sich hochgestemmt und einen Purzelbaum um die Stange gemacht.

Hau bloß ab, sagte Andrea, geh dahin, wo du hingehörst. Sie hatte ein aufgeschürftes Kinn und feste Fäuste.
Ich gehör nirgends hin, sagte Franz, also auch hierher.
Das hatte er sich irgendwann vom Fernsehen gemerkt.
Als Andrea einen Haarbüschel von ihm in der Hand gehalten hatte, war Franz wieder nach Hause gefahren. Er war verschwitzt gewesen und auf eine seltsame Weise glücklich.
Ein paar Tage später zeigte er ihr seinen Geheimplatz: ein alter Anhänger in einer verlassenen Ecke hinter den Abfalltonnen. Er hatte eine Plastikplane darübergespannt, so daß man auch bei Regen dort sitzen konnte.
Sie setzten sich in den Anhänger und ritzten sich mit Franz' Taschenmesser kleine Schnitte in den Arm. Sie leckten sich gegenseitig das Blut von den Armen. In eine metallene Zigarrenschachtel füllten sie ein wenig Wasser und kochten darin über einer Kerzenflamme Spiralnudeln, die Franz aus dem Küchenschrank geklaut hatte.
Sie sammelten Schnecken und steckten sie in einen Karton, in den sie Luftlöcher bohrten, sie legten ein wenig Gras dazu. Sie hielten auf der Straße Ausschau nach Verdächtigen und verfolgten sie bis nach Hause. Dann schrieben sie die Adressen auf.
Sie versuchten, die Kinderbücher Buchstabe für Buchstabe nachzuspielen, die sie sich einmal in der Woche aus der Bibliothek holten.
Sie planten eine Mitternachtsparty.
Franz versteckte Margarine, Brot und eine Dose Tomatenfisch unter seinem Bett. Er preßte die Lippen zusammen, als seine Mutter ihm Wochen später das verschimmelte Brot und die ranzige Margarine unter die Nase hielt.

Kannst du mir vielleicht sagen, was das soll.
Absolute Geheimhaltung, das erste Gebot im Club der Blutsfreunde, bei Verstoß muß ein lebender Regenwurm gegessen werden, und das ohne Wimpernzucken.

Was kann das junge Fräulein, sagte der Schallplattenproduzent, ohne die Beine von der Schreibtischplatte zu nehmen. Franz hatte das abgelegte Matrosenkleid seiner Schwester an und die weißen Lackschuhe mit Riemchen, die er zur ersten heiligen Kommunion bekommen hatte. Er war jetzt neun Jahre alt.
Er hatte am Abend vor dem Spiegel das Lächeln geübt.
Der Schallplattenproduzent griff mit der Hand in sein geöffnetes Hemd und kratzte seine Brust. Franz legte seine Noten auf den Tisch.
Na dann wollen wir mal, sagte der Schallplattenproduzent und erhob sich seufzend. Hinter Franz stand der Vater und sagte nichts. Er hielt seinen Hut sehr fest in den Händen.
Der Schallplattenproduzent ging in seinen Nylonsocken zum Klavier und griff in die Tasten.
Franz sang.
Love Story
Rain Drops Keep Falling on My Head
Der Schallplattenproduzent drehte den Kopf zu ihm und schaute ihm beim Singen zu, während seine Hände die Akkorde schlugen.
Die Lehrerin hatte gesagt: Dieses Kind hat eine Stimme wie eine Glocke.
Der Heintje würde blaß vor Neid, hatte sein Flötenlehrer ihm ins Poesiealbum geschrieben.
Der Schallplattenproduzent bohrte in seinem Ohr.

Es hapert an der Ausstrahlung, sagte er und schnalzte mit der Zunge etwas aus seinen Zähnen. Die Stimme ist nicht schlecht, aber ein Schlagerstar braucht ein bißchen mehr Sex-Appeal.

Es ist viel besser, kein Schlagerstar zu sein, erklärte Franz Andrea, als sie wieder auf dem Anhänger saßen und der Regen auf die Plastikplane schlug.
Wenn man Schlagerstar ist, muß man sich alle Zähne herausreißen lassen und ein Gebiß tragen, damit man beim Lächeln im Fernsehen schön aussieht.
Sein Vater hatte ihm nach dem Besuch beim Schallplattenproduzenten eine echte Jeans zum Knöpfen gekauft, und Lena hatte gesagt, du mußt dich damit in die Badewanne legen und sie dann an deinem Körper trocknen lassen.
Die Jeans war so hart, daß Franz beim Gehen die Knie nicht richtig beugen konnte. Er ging jetzt wie ein richtiger Cowboy.
Manchmal steckte er eine Faust in seine Hose und schaute sich im Spiegel an.
Er bildete sich ein, daß manche Frauen ihm auf der Straße traurig hinterherblickten, weil ihnen jemand wie er in ihrem Leben zum Glücklichsein fehlte.
Franz grinste dann mit einem Mundwinkel und kämmte die Haare mit seinen gespreizten Fingern zurück.
Er erzählte Andrea von seinem neuen Berufswunsch: Hausfrau.
Da hat man viel Zeit, mit Zaubertinte Geheimes ins Detektivheft zu schreiben.
Spinnst du, fragte Andrea und blies gegen den Löwenzahn, den sie in der Hand hielt, daß die Schirme mit dem Wind davonsegelten.

Andrea sagte: Wenn ich groß bin, möchte ich allein im Wald leben, ich möchte mir ein Baumhaus bauen, ich möchte mein eigenes Gemüse großziehen und Tiere jagen oder im Fluß angeln. Ich möchte vor meiner Hütte sitzen und rauchen.
Franz schämte sich. Wie kam es, daß er nie solche Ideen hatte.
Er zeigte Andrea einen Ast, in dessen Rinde er letzten Sonntag beim Picknick im Wald ein Zickzack-Muster geschnitten hatte.
Etwas an den Erwachsenen ist komisch, sagte Andrea. Sie tun nie wirklich wichtige Dinge. Sie mögen ihr Leben nicht. Sie sehen nicht, was ich ganz deutlich sehe: Es ist ein Fehler am Erwachsensein. Es gibt keinen Erwachsenen, der sein Leben mag.
Als Andrea schwieg, sagte Franz: Manchmal kann ich in der Nacht nicht schlafen. Ich denke daran, wie groß das Universum ist und wie man wissen kann, daß die Zeit unendlich ist. Ich versuche, mir vorzustellen, wie es sich anfühlt, tot zu sein und in einem Sarg zu liegen, ich lege die Hände gefaltet über meine Brust. Dann gehe ich zu meinen Eltern ins Wohnzimmer. Mein Vater hat die Hand am Bierglas. Meine Mutter hat den Kopf auf die Lehne des Sofas gelegt und schläft, aber sie wacht gleich auf und geht in die Küche, um mir warme Milch mit Honig zu machen.
Andrea streckte sich jetzt auf dem Boden des Anhängers aus und legte die Hände unter den Kopf. Der Regen tropfte von der Plane auf ihr Gesicht. Sie leckte einen Tropfen von ihrer Oberlippe.
Ich möchte ein Loch in die Erde graben, sagte sie, bis es ganz heiß wird, und dann noch weiter, bis ich in China

herauskomme. Ich möchte ein Floß bauen, mit einer kleinen Hütte darauf, und damit auf der Donau bis zum Schwarzen Meer fahren.
Franz sagte nichts.
Sie lagen eine Weile still nebeneinander.
Laß uns jetzt Ohnmächtigwerden spielen, schlug Franz vor.
Er hielt sich die Hand an seine Kehle und drückte sich die Luft ab, bis er ohnmächtig wurde. Es dauerte nicht lange, nicht einmal eine Sekunde, aber beim Aufwachen fühlte es sich an, als würde man aus einem tiefen schwarzen Loch hochkommen.
Dann zeigte Andrea ihm ihre Narben.
Am Fuß: Da bin ich in eine Glasscherbe getreten.
In der Unterlippe: Da ist beim Schaukeln der Junge hinter mir abgesprungen, und ich habe mir beim Aufschlagen auf dem Balken die Unterlippe durchgebissen und mußte genäht werden.
Am Knie: Da bin ich beim Fahrradfahren auf ein Stück rostigen Draht geflogen und habe mich aufgespießt.
Franz machte den Mund auf und zeigte Andrea, wo sie ihm die Mandeln herausgeschnitten hatten. Dann spielten sie Wettrülpsen, und Andrea gewann und bekam Franz' Ast mit dem Zickzack-Muster.
Ein anderes Mal kauften sie sich in einem kleinen Laden Brausestangen. Sie gingen zum Rehlein-Brunnen, ließen die Füße vom Rand ins Wasser hängen und leerten den Inhalt der Brausestangen in ihren Mund.
Das ist Schnaps, sagte Andrea und tat, als hätte sie einen Schluckauf. Merkst du nicht, daß das Schnaps ist.
Dann spielten sie, daß sie betrunken waren. Sie legten sich gegenseitig die Arme um die Schulter und wankten die Straße entlang.

Wir sind jetzt verlobt, sagte Andrea.
Ja genau, sagte Franz.
Wir sind verlobt, schrie Andrea allen Leuten zu, denen sie begegneten. Verliebt, verlobt, verheiratet!
Jaja, sagten die Leute. Sie fanden das gar nicht lustig. Seit wann fuhrten kleine Mädchen sich so auf.
Franz und Andrea setzten sich auf eine Mauer neben einer Teppichstange und hatten immer noch die Arme umeinander gelegt.
Wir müssen uns jetzt küssen. Auf den Mund.
Franz spitzte die Lippen.
Nicht so, sagte Andrea. Du mußt es wie in den Filmen machen. Weißt du, wie ein Filmkuß geht: Man legt die offenen Münder aufeinander und dann bewegt man die Köpfe ein wenig.
Sie gaben sich einen Filmkuß.
Lecker, sagte Andrea. Schmeckt nach Brause.
Ja genau, nach Schnapsbrause.
Schnapsbrause, schrie Andrea und tat so, als würde sie vor Lachen von der Mauer herunterfallen.

Die Wahrscheinlichkeit zu leben war viel kleiner als die Wahrscheinlichkeit, tot zu sein, und überhaupt war man viel länger tot als am Leben.
Ist das Leben kurz oder lang, fragte Franz seinen Vater.
Klatsch einmal in die Hände, dann sind zehn Jahre rum, sagte dieser und ordnete Briefmarken in sein Album. Seine Zigarre lag mit feuchtem Mundstück im Aschenbecher.
Franz wachte jetzt in der Nacht oft auf und ging den Flur entlang, auf und ab, immer wieder, um die Angst zu vertreiben.

Die Religionslehrerin Frau Heidenreich erzählte: Beim Jüngsten Gericht fallen die Grabsteine um, und die Toten steigen aus den Gräbern. Dann fahren sie zum Himmel oder in die Hölle. Oder sie kommen in ein großes Feuer. Dort müssen sie lange bleiben, viele hundert, tausend Jahre vielleicht, je nachdem, wie groß ihre Sünden waren.
Wann ist das Jüngste Gericht, fragte Franz.
Es ist am Ende der Zeit.
Aber die Zeit ist unendlich, sagte er, und das Universum auch.
Die Religionslehrerin schaute ihn an und runzelte die Stirn.
Mein Vater sagt, die Kirche ist ein Scheißverein, sagte Franz laut und deutlich und preßte die Lippen zusammen.

Franz fuhr mit dem Fahrrad im Kreis herum.
Erst bergab und beim ersten Bauer hinter den Zwetschgenbäumen links.
An der Tollkirsche vorbei in den Wald. Den Jägerstand rechts liegenlassen, es ging um Sekunden. Stehend radeln auf dem holprigen Waldboden, über die Wurzeln springen. Auf der frisch geteerten Straße Zeit schinden, leicht bergauf und dann Richtung Hühnerfarm, immer dem Gestank nach. Dann das Fahrrad rollen lassen, an der Schafwiese vorbei, die dieses Jahr leer und wild gewachsen war. Bei der Weggabelung neben den Schlehenbüschen scharf bremsen.
Zeit kontrollieren.
Einen Zahn zulegen.
Franz fuhr im Kreis, bis er keine Lust mehr hatte. Der Vater stand in der Badehose im Garten und grillte. Ne-

ben ihm auf dem Klapptisch stand ein Bierkrug. Steffen saß in seinem aufblasbaren Kinderbecken und schaufelte Wasser in einen roten Eimer. Die Mutter stand in der Küche und machte Kartoffelsalat. Lena lag in der Hollywoodschaukel auf der Terrasse und las eine von Omas alten Frauenzeitschriften.

Spielen wir Höhlenkinder, sagte Franz zu Lena. Ich gehe mit dem Faustkeil Bären jagen, und du sammelst Beeren und machst die Höhle zurecht.

Oder spielen wir fliegender Fahrstuhl, sagte er. Ich bin der Fahrstuhlführer und drücke den verbotenen grünen Knopf, und du hast Angst, wenn wir über Amerika fliegen.

Spielen wir, daß ich gelähmt bin und du mich bedienen mußt, sagte Lena.

Spielen wir feine Dame und Bäuerin in der Straßenbahn, sagte sie, und du bist die Bäuerin.

Spielen wir, daß unsere Eltern Kidnapper sind und uns entführt haben, sagte Franz, und sie dürfen nicht merken, daß wir die Flucht planen.

Lena legte sich wieder in die Hollywoodschaukel und nahm ihre Zeitschrift in die Hand. Franz ging um das Wochenendhaus herum in den Garten und schoß einen gelben Ball an die Hauswand, der schon viel zu weich war und nicht mehr zurücksprang. Er hatte eine Jeans an, die über dem Knie abgeschnitten und ausgefranst war, genau wie die Jeans der zwei Brüder aus seiner Lieblingsserie *Flipper*. Warum wohnte er nicht am Meer, da, wo man direkt vor dem Haus einen Kopfsprung ins Wasser machen und sich dann von einem Delphin aufs Meer hinausziehen lassen konnte. Franz zupfte sich eine Wimper aus und pustete sie von der Fingerkuppe.

Er dachte: Wenn ich die Augen zumache, mich dreimal im Kreis drehe und es mir ganz fest wünsche, dann haben wir einen Swimmingpool mit einem Drei-Meter-Sprungbrett. Er öffnete die Augen wieder und blickte auf die unversehrte Rasenfläche und den Vater mit der Grillzange in der Hand.
Er dachte: Oder wenn das dritte Auto, das vorbeifährt, rot ist. Es kamen kurz hintereinander zwei Autos, ein grünes und ein weißes.
Franz wartete.
Ein orangefarbenes Moped fuhr vorbei, dann ein Traktor in einem schmutzigen Grün.
Franz verlor die Lust zu warten. Er drehte den Wasserhahn auf, nahm den Gartenschlauch und schlich sich von hinten an Steffen heran. Dann gab er dem Sohn der Kidnapper die kalte Abreibung, die dieser schon lange verdient hatte.

Nach dem Mittagessen sagte die Mutter: Wie wäre es mit einem Eis. Die Knochen der Koteletts lagen abgenagt auf den Tellern. Lena gähnte und verschob den Träger ihres Bikinis, um zu sehen, wie braun sie geworden war. Die Mutter saß in ihrem Badeanzug auf dem Gartenstuhl. Wenn sie aufstand, um das Geschirr in die Küche zu tragen, sah man rote Streifen, die sich auf ihren weichen Oberschenkeln abzeichneten. Steffen steckte sich einen Tischtennisball in den Mund und ließ ihn herausschnellen, so daß er in die Salatschüssel flog. Der Vater hatte ein paar alte *Perry-Rhodan*-Hefte auf dem Schoß, die er im Schrank gefunden hatte und jetzt durchsah.
Franz sagte, ich fahre. Er schwang sich aufs Fahrrad.
Sein Herz klopfte.

Er ließ das Fahrrad bergab rollen.
Eine Familie verkaufte in ihrer Garage Eis und Getränke.
Man mußte an der Gartentür klingeln und dann in die Sprechanlage hineinsprechen.
Ich möchte Eis kaufen, sagte Franz. Sein Hals tat weh, als er sprach, weil er so eng geworden war.
Gleich würde das Mädchen kommen. Es würde die Treppe vom Haus herunterlaufen und die Garagentür öffnen, und Franz würde mit ihr in die Garage hineingehen.
Was, wenn sie diesmal nicht kam?
Sie war bisher immer gekommen.
Franz trug ein ausgewaschenes rotes T-Shirt, das ihm zu groß war. Er steckte seine Hände in die Gesäßtaschen seiner Bermudas. Er schaute auf seine gebräunten Beine, die in Holzpantoffeln steckten, und auf die blonden Härchen darauf, die im Mittagslicht flimmerten.
Seine Haare waren von der Sonne gebleicht und ringelten sich an den Schläfen.
Er hörte schnelle Schritte und ballte die Hände in den Taschen zu Fäusten.
Das Mädchen hatte lange geflochtene Zöpfe, die bis über die Schultern reichten. Sie war barfuß. Sie trug einen Badeanzug, der feucht war. Auf ihrer Haut glitzerten Wassertropfen. Die Familie hatte einen Swimmingpool, wußte Franz, und vielleicht war das Mädchen gerade mit einer Luftmatratze auf dem Wasser geschwommen.
Sie lächelten sich schweigend zu, und Franz folgte ihr in die Garage. Sie mußten ganz in die Garage hineingehen, in die dunkelste Ecke, wo es etwas kühler war und nach Benzin roch. Dort stand die Gefriertruhe.

Franz zählte sehr schnell die Eissorten auf, die er haben wollte, und das Mädchen holte sie aus der Gefriertruhe heraus und ließ sie in seinen Beutel fallen.
Die ganze Zeit blickten sie sich nicht in die Augen.
Franz zählte das Geld in die Hand des Mädchens.
Danke, sagten sie gleichzeitig und wurden beide rot.
Das Papier der Eisverpackungen knisterte in Franz' Beutel.
Als Franz wieder beim Wochenendhaus ankam, war er außer Atem.
Er war so schnell gefahren, wie er konnte. Er hatte sich vorgestellt, daß das Mädchen sich an der Gartentür umdrehte und ihm nachschaute, bis er aus dem Blickfeld verschwunden war.

Die Eltern gingen in die Oper.
Franz und Lena sahen dem Auto hinterher, das um die Ecke bog und verschwand. Dann gingen sie ins Wohnzimmer und holten eine Packung Chips aus dem Schrank.
Schauen wir *XY ungelöst* an, schlug Lena vor.
Eduard Zimmermann stellt ungelöste Verbrechen vor. Im Film sieht man, wie die Morde und Einbrüche passieren.
Aber wenn man sie filmen konnte, warum hat man sie dann nicht geschnappt, fragte Franz.
Wie kann man eigentlich so dumm sein? Lena verdrehte die Augen.
Eine Familie geht im Wald spazieren. Die Kinder laufen voran. Guck mal, aus dem Boden wachsen Haare, ruft ein Kind. Dank einer neuartigen Methode, sagt Eduard Zimmermann, konnten wir das Aussehen der Toten rekonstruieren.

Man sieht einen Totenschädel mit langen blonden Haaren, der sich langsam in das Gesicht einer Frau verwandelt.
Franz sagte zu Lena, komm bitte mit aufs Klo.
Sie machten alle Lichter in der Wohnung an. Einer blieb in der Türöffnung stehen, während der andere pinkelte. Im Kinderzimmer schauten sie unters Bett und in den Schrank. Dann legten sie sich in Lenas Bett, Kopf an Fuß.
Franz wachte mitten in der Nacht auf und mußte aufs Klo.
Aber er lag verkehrt herum im Bett, stieß beim Aufstehen gegen die Wand und haute sich den Kopf an der Schranktür an.
Auf dem Klo war der Mann von dem Fußgänger-Schild im Park. Er trug einen dunklen Mantel und einen dunklen Hut.
Der Mann lachte.
Niemals mit einem fremden Mann mitgehen, nicht einmal mit ihm reden. Keine Süßigkeiten von Fremden annehmen. Sofort weglaufen.
Und was machte man mit dem Flötenlehrer, wenn der einem wieder mal die Hand in die Hose steckte?
Franz rannte zurück ins Zimmer.
Laß mich schlafen, sagte Lena.
Franz legte sich in sein eigenes Bett. Er hörte ein Prasseln an den hölzernen Rolladen des Fensters. Jemand flüsterte laut seinen und Lenas Namen. Dann klingelte es an der Wohnungstür.
Es ist ja leichter Tote aufzuwecken, sagte der Vater, als sie endlich die Wohnungstür geöffnet hatten.
Wie konntest du nur den Schlüssel vergessen, sagte die Mutter.

Franz wachte am nächsten Tag als erster auf und lief ins Wohnzimmer. Die feinen Kleider der Eltern hingen über der Sessellehne, wie Puppen, die ihr Leben ausgehaucht hatten.
Plötzlich weinte er ein wenig. Er war so froh.
Er wollte zu seinen Eltern gehen und ihnen sagen, daß er froh war. Nicht sagen, aber er wollte sie anschauen, wie sie ruhig im Schlaf atmeten.
Er ging zum Schlafzimmer und öffnete die Tür ganz leise.
Aber die Eltern lagen nicht in den Betten, in die sie gehörten, die Mutter links, der Vater rechts.
Etwas war in Unordnung geraten, es war nicht, wie es sein sollte.
Es geschah hier etwas, in dem Franz keinen Platz hatte und überhaupt niemand sonst außer den zwei Personen, die dort ineinander steckten und sich in einen Fleischhaufen verwandelt hatten, der sich in schnellem Rhythmus bewegte.
Franz schloß die Tür sehr schnell und vorsichtig.
Das war nicht schön.
Das waren also die Aussichten. So war es, erwachsen zu sein.
Das war furchtbar und furchtbar lächerlich.
Es lag eine Unmenschlichkeit darin.
Franz schämte sich für seine Eltern, sie taten ihm leid.
Verwandelten sie sich wirklich regelmäßig im Schlafzimmer in solche unfaßbaren Wesen?
Franz ging in die Küche und holte Tassen und Teller aus dem Schrank. Er deckte den Frühstückstisch. Er setzte die Kaffeemaschine in Gang und füllte den Wasserkessel für den Tee. Er preßte eine Zitrone aus, stellte den Toaster bereit und piekste Löcher in die Eier.

Zwei Personen in Bademänteln betraten die Küche. Sie lachten kindisch.
Sie sahen seinen Eltern ähnlich.
Franz nickte ihnen höflich zu.

Franz war bald zehn und sollte aufs Gymnasium gehen. Andrea kam in die Hauptschule.
Auf der Hauptschule lernt man Jagen und Fischen, behauptete sie, als sie und Franz hinter den Abfalltonnen auf dem Boden saßen. Der Anhänger war eines Tages verschwunden gewesen, zusammen mit den Schätzen und dem Detektivheft.
Man lernt Baumhäuser und Flöße bauen auf der Hauptschule, sagte Andrea.
Alles, was man braucht, wenn man im Wald leben oder sich durch die Erde graben oder bis zum Schwarzen Meer fahren will, lernt man auf der Hauptschule. Wenn du ins Gymnasium gehst, lernst du mit hohen Zahlen rechnen, aber du kapierst nicht, was du damit anfangen kannst. Du lernst, wo die verschiedenen Länder liegen, aber sie sagen dir nicht, wie du hinkommst oder was du tun sollst, wenn dein Auto auf dem Weg kaputtgeht. Du lernst alle möglichen Sprachen, die kein Mensch mehr spricht. Das Gymnasium ist eine völlig nutzlose Schule, du bekommst einen großen Kopf und dünne Arme und Beine.
Franz versuchte, aus zwei Steinen Feuer zu schlagen. Er schlug kräftig zu, aber es entstand kein Funken.
Stell dir vor, wir würden auf die Welt kommen, und es hätte vor uns niemanden gegeben, sagte er. Stell dir vor, wir müßten alles noch einmal von vorne erfinden. Stell dir vor, wir müßten allen Dingen Namen geben und uns

eine Sprache ausdenken, in der wir sagen können, was wir sagen wollen.
Ich würde alles anders machen, sagte Andrea. Ich weiß zwar nicht, wie. Ich weiß bloß: anders.

Ich möchte auf die Hauptschule, sagte Franz zu seinen Eltern.
Er legte eine Scheibe Schinken auf sein Frühstücksbrett und schnitt den Fettrand sorgfältig ab. Die Mutter nahm das Fett mit den Fingern und steckte es in den Mund.
Auf der Hauptschule lernen sie, wie man Hütten und Boote baut, sagte Franz. Sie lernen, wie man ein Auto repariert und wie man durch die Wüste kommt.
Wer hat dir den Unsinn erzählt, fragte der Vater, der gerade dicke Scheiben vom Harzer Käse abschnitt und auf seinem Brot plattdrückte.
Es ist schade, daß ihr überhaupt nicht begreifen könnt, wie gut ihr es eigentlich habt.
Er wickelte den Harzer Käse wieder in Zellophanpapier ein.
Die Mutter biß krachend ein Stück vom Knäckebrot ab.
Der Vater sagte: Ihr habt es besser, als wir es uns jemals träumen konnten, aber ihr werdet es vielleicht erst sehr spät verstehen.
Wenn überhaupt, sagte die Mutter.
Franz spielte, daß ein Räuber ihm das Schinkenbrot stehlen wollte, und schob es sich so weit wie möglich in den Mund.
Auf dem Gymnasium mußt du Zungenküsse können, sagte Lena, als sie wieder im Kinderzimmer waren. Sie sagte, komm, wir müssen jetzt die Münder zusammendrücken und die Zunge herausstrecken.

Lena malte jetzt manchmal heimlich ihre Lider blau an. Sie hatte ein Heft, in das sie Bilder von Popstars einklebte. Sie schrieb Namen von Jungen in das Heft und malte Herzen darum herum.
Ihre Zunge fühlte sich rauh, feucht und weich an.
Warum gibt man Zungenküsse, fragte Franz.
Weil man verliebt ist, du Baby, sagte Lena.
Muß man verliebt sein, wenn man ins Gymnasium geht, fragte Franz.
Lena rollte die Augen.
Dann brachte sie ihm ein paar Wörter Englisch bei.
Bei *what*, sagte sie, mußt du deine Lippen spitzen, als würdest du jemanden küssen. So hat der Englischlehrer es uns beigebracht.
So was lernt ihr im Gymnasium, sagte Franz, ich möchte aber lieber lernen, wie man im Wald überlebt.
Im Wald, im Wald, sagte Lena, von welchem Wald redest du eigentlich die ganze Zeit.

Auf dem Spielplatz redete Franz mit Andrea amerikanisch. Man mußte so tun, als hätte man einen Kaugummi im Mund. Sie trieben das Karussell so schnell an, daß sie auf den Sitzen ganz nach außen rutschten. Manchmal setzte sich einer von ihnen aufs Drehrad in der Mitte. Es war komisch, daß man da oben ganz still saß, während sich das Karussell um einen drehte.
Dabei redeten sie die ganze Zeit amerikanisch.
Eine alte Frau mit lila gefärbten Haaren schaute aus ihrem Fenster und wartete darauf, daß die Kinder die Grünfläche betraten. Dann würde sie aus dem zweiten Stock auf sie herabschimpfen. Franz wußte, daß die Frau einen weißen Pudel hatte, dem sie die Haare zu kleinen Zöpfen band.

Ein Mädchen hielt das Karussell mit einem Handgriff an.

Sie war schon groß, mindestens zwölf.

He, sagte sie. Wenn einer von euch diese Strickjacke anzieht, kriegt er fünfzig Pfennig.

Sie hielt eine gelbe Strickjacke aus Wolle in der Hand.

Wieso, fragte Franz, der vergessen hatte, daß er Amerikaner war.

Willst du fünfzig Pfennig oder nicht, fragte das Mädchen.

Franz zog die Strickjacke an und knöpfte sie bis oben hin zu. Und jetzt, fragte er.

Das Mädchen lachte laut und deutete mit dem Zeigefinger auf das Pilzhäuschen, wo ein dickliches Mädchen im Sand saß und sorgfältig Häufchen platt klopfte. Von ihrer Unterlippe hing ein langer Speichelfaden.

Das ist ihre Jacke, kicherte das große Mädchen, verstehst du. Jeder, der die Jacke anzieht, kriegt den Idiotenbazillus, und sein Hirn weicht auf.

Franz riß sich die Wolljacke vom Leib und schleuderte sie auf den geteerten Boden.

Das große Mädchen war schon um die Ecke verschwunden.

Franz ballte die Faust.

Andrea schüttelte die Jacke aus und brachte sie dem dicken Mädchen zurück. Das Mädchen schlang seine Arme um Andrea und drückte sie unter glucksenden Lauten.

Idiotenbazillus, sagte Andrea später zu Franz und schaute ihn verächtlich an.

Das Gymnasium, stieß sie dann hervor, das ist der richtige Platz für solche Idioten wie dich.

Im Gymnasium lernte Franz Jürgen kennen.
Jürgen wiederholte die Fünfte und durfte vor der ersten Schulstunde immer das Tagesgebet lesen.
Wir kennen uns doch schon aus dem evangelischen Kindergarten, sagte Jürgen zu Franz und brachte eines Tages ein Foto als Beweis mit. Auf dem Foto trug Jürgen ein weißes Hemd und eine Fliege, und Franz stand schräg vor ihm. Er hatte einen karierten Faltenrock an und eine Bluse mit einem Spitzenkragen.
Es tut mir leid, ich kann mich nicht an dich erinnern, sagte Franz, ich war zu klein. Ich bin mit fünf in den katholischen Kindergarten gekommen.
Du hast im Struwwelpeter eine von den Katzen gespielt, sagte Jürgen, Minz oder Maunz, und ich war der Zappelphilipp.
Franz wußte noch, daß Lena das Paulinchen gewesen war und eine strohgelbe Perücke getragen hatte.
Er war Minz gewesen, und er hatte in ein großes Taschentuch weinen müssen, als Paulinchen lichterloh brannte, weil sie mit den Streichhölzern gespielt hatte.
Im Gymnasium mußten sie einen Fragebogen ausfüllen.
Beruf des Vaters, stand da. Franz überlegte.
Angestellter, schrieb er.
Beruf der Mutter. Hausfrau, schrieb Franz und in Klammern: *Tippse*. Das hatte er die Mutter mal sagen gehört.
Dann schaute er auf Jürgens Bogen. *Clown*, hatte Jürgen unter *Beruf des Vaters* geschrieben.
Mensch, sagte Franz, ist dein Vater ein Clown.
Ja, bestimmt, sagte Jürgen und lachte, er reist mit einem Zirkus um die Welt. Jürgen war schon im Stimmbruch und fast zwei Jahre älter als Franz.
Was heißt bestimmt, fragte Franz, ist er, oder ist er nicht.

Es fällt mir nichts Besseres ein, sagte Jürgen. Klingt doch gut, oder.
Ist das denn die Wahrheit, sagte Franz, du mußt die Wahrheit schreiben.
Was sagst du, fragte Jürgen und beugte sich wieder über seinen Bogen.
Beruf der Mutter.
Polackin, schrieb Jürgen.
Was soll das für ein Beruf sein, fragte Franz.
Reg dich ab, sagte Jürgen und deutete auf die Zeile am Kopf des Blattes, in die Franz seinen Namen geschrieben hatte.
Bei Jürgen stand: *Jimi Hendrix.*
Was? sagte Franz.
Erklär ich dir später, versprach Jürgen und beugte sich wieder über seinen Fragebogen.
Bei *Zahl der Geschwister* schrieb Franz: *zwei.*
Jürgen schrieb: *unbekannt.*
Lieblingsfach.
Franz schrieb: *Englisch, Deutsch, Mathematik.*
Streber, sagte Jürgen. Er schrieb: *Kunst.*
Bei Berufswunsch schrieb Franz: *Lehrer.* Das hatte die Mutter gesagt.
Jürgen schrieb: *Revolutionär, Geheimagent, Geldfälscher.*
Du spinnst, sagte Franz, die schmeißen dich raus.
Quatsch, sagte Jürgen und strich Kunst als Lieblingsfach durch.
Er schrieb mit großen Buchstaben *Sexualerziehung* darüber.
Ich kann tun, was ich will, die schmeißen mich nicht raus. Ich bin ein armer Halbwaise, ein hochbegabtes Clownskind. Ich stehe unter Polizeischutz.

Als sie ihre Bögen abgeben sollten, versteckte Jürgen seinen unter der Bank, und nach der Stunde knüllte er ihn zusammen und warf ihn in den Papierkorb.
Die sind froh, wenn sie weniger Arbeit mit uns haben, sagte er.

Franz ging mit Jürgen zur Eisenbahnbrücke. Sie setzten sich auf die Böschung und schauten auf die Gleise. Franz zählte die Waggons der Güterzüge, die vorüberfuhren.
Wie lange braucht so ein Zug, bis er unter der Brücke durch ist, wenn er 60 km in der Stunde fährt und jeder Waggon fünf Meter lang ist und die Lokomotive sieben Meter, fragte er.
Wie ist es eigentlich, ein Mädchen zu sein, fragte Jürgen. Wie ist es, mit den Mädchen Sport zu haben, in den Handarbeitsunterricht zu gehen, Ballgymnastik und Topflappenhäkeln zu lernen? Und was mich am meisten interessiert: Was passiert in der großen Pause auf dem Mädchenklo?
Bei achtzehn Waggons sind das ungefähr sechs Sekunden, rechnete Franz aus.
Also was jetzt, sagte Jürgen. Gehn wir nachher ins Kino?
Wo gehst du hin, wenn die Schule aus ist, fragte Franz.
Jürgen riß einen langen Grashalm ab und begann darauf herumzukauen.
Du wohnst in der Jägerstraße, aber du gehst immer in die andere Richtung, sagte Franz kalt.
Na und, sagte Jürgen. Erzähl mir lieber, was ein Einserschüler macht, wenn die Schule aus ist.
Nichts Besonderes, sagte Franz. Er überlegte, was er erzählen könnte.
Jürgen blies durch die hohl aufeinandergelegten Hände.

Weißt du, daß es am Nordpol sechs Monate nicht hell wird, sagte er. Weißt du, daß es jemanden gibt, der ein ganzes Auto aufgegessen hat. Weißt du, daß man nicht älter wird, wenn man schneller als Lichtgeschwindigkeit fliegt.

Ich werde mir auf dem Speicher ein Zimmer einrichten, sagte Franz. Meine Eltern sind einverstanden. Auf dem Speicher steht schon ein alter Kleiderschrank. Wir stellen auch ein Bett dorthin. Ich bekomme eine Lampe, damit ich lesen kann. Zum Essen gehe ich nach unten. In der Nacht kann ich in einen Eimer pinkeln. Im Keller könnte man auch bald wohnen, wenn wir in der Wohnung Zentralheizung kriegen und die Kohlen dort wegkommen. Der Keller wäre noch besser, der Speicher ist nur ein Holzverschlag. Ich könnte die Kellerwände mit einer Farbe anmalen, die mir gefällt. Man könnte das Fenster vergrößern. Meine Mutter findet die Idee gut. Ich könnte dort schnitzen und eine Sammlung von Steinen anlegen. Ich könnte chemische Experimente machen, mit langen Röhren und Schläuchen und dicken Glasflaschen. Ich könnte auf meinem Bett liegen und warten, bis mir einfällt, worauf ich Lust habe.

Spinnst du eigentlich, fragte Jürgen, oder bist du bloß verrückt.

Er versuchte, auf den Händen zu gehen.

Franz fuhr fort: Meine Mutter sagt, man darf nicht warten, bis man Lust hat, etwas zu machen. Sie sagt, das Leben besteht aus Dingen, auf die man keine Lust hat. Sie sagt, daß man alles, worauf man keine Lust hat, sofort machen muß.

Den Badeanzug auswaschen, wenn man vom Hallenbad zurückkommt. Das feuchte Handtuch aufhängen.

Die Schuhe abwaschen, wenn man vom Wandern zurückkommt, und sie dann mit einer Zeitung ausstopfen. Den Koffer auspacken, wenn man von einer Reise zurückkommt. Die schmutzige Wäsche sofort in die Waschmaschine stecken.
Das Geschirr spülen, wenn man mit dem Essen fertig ist. Alles gleich wieder an seinen Platz stellen, damit man es nachher wieder findet.
Meine Mutter sagt, sie macht den ganzen Tag nur Sachen, auf die sie keine Lust hat.
Erzähl von deinem Vater, sagte Jürgen.
Mein Vater liest jeden Morgen die Zeitung und sagt dann, daß man kein Wort glauben darf, das in der Zeitung steht, weil alle Zeitungen lügen wie gedruckt. Er schaut jeden Abend fern und sagt dann, daß das Fernsehen einem das Hirn verseucht. Er sagt, daß alle Politiker Betrüger sind und alle Beamten faule Hunde und daß einer, der nicht nur an sich selber denkt, immer das Nachsehen hat.
Schaut mich an, sagt er dann immer.
Und was ist mit deinen Eltern, fragte Franz.
Mein Vater ist ein verdammter Clown, sagte Jürgen. Nach der Befruchtung verduftet. Und meine Mutter kann nicht mal richtig Deutsch. Zu Hause reden sie Polnisch, sie und meine Tante, meine ich. Nach der Schule gehe ich zu einer dicken Frau, die armen verlassenen Kindern die Mäuler stopft.
Er tat so, als würde er sich Tränen aus den Augenwinkeln wischen.
Franz zupfte ein paar Grashalme ab.
Was ist mit dem Kino, von dem du erzählt hast. Hast du jetzt Freikarten oder nicht, fragte er.

Er teilte einen Grashalm längs in der Mitte.
Du bist ein Mädchen, sagte Jürgen plötzlich, und kriegst Titten. Sooo..., rief er. Dabei hielt er die gewölbten Hände vor seine Brust, spitzte die Lippen, riß die Augen auf und klimperte mit den Wimpern. Franz schubste Jürgen und rollte ihn auf den Rücken. Er hielt seine Handgelenke fest und setzte sich ihm auf den Bauch.
Jürgen lachte. Er wehrte sich nicht. Er bewegte den Unterkörper auf und ab.
Oh, bist du stark, rief er, du machst mir echt angst.
Ja, genau, sagte Franz und ließ Jürgen los. Er hatte Lust zuzuschlagen.
Dann gingen sie ins Kino, und Franz sah seinen ersten Film ab zwölf, obwohl er erst elf war, und Jürgen nahm Franz' Hand und hielt sie die ganze Zeit fest. Franz dachte die ganze Zeit, daß er die Hand wegziehen wollte, jetzt, oder, in zwei Sekunden, nein, in drei Minuten, und dann zählte er bis hundertachtzig, aber er tat es nicht.
Er wußte nicht, wovon der Film gehandelt hatte.
Nach dem Kino kauften sie sich in der Bäckerei eine Sahnetorte und aßen sie im Gehen aus dem Papier.
Im Ernst, ich finde dich irgendwie süß, sagte Jürgen. Ich fand dich als Minz schon süß. Du hast so schön in dein rotes Schnupftuch hineingeheult. Aber ich habe mich nicht getraut, dich anzusprechen.
Dazu machte er Hundeaugen.
Franz wußte nie, wann Jürgen ihn ernst nahm und wann er sich über ihn lustig machte. Er wußte nicht einmal, ob Jürgen ihn mochte. Umgekehrt war es auch schwer zu sagen.
Franz dachte nach und schleckte die letzte Sahne vom Papier.

Wie wäre es mit Anna, sagte er dann. Anna war ein Mädchen, das zu ihnen in die Klasse ging.
Anna ist hübsch. Sie ist die Hübscheste von allen. Sie hat auf der Faschingsparty beim Flaschendrehen schon Zungenküsse gegeben.
Jürgen drehte den Kopf und schaute Franz fragend an. Er hob den Zeigefinger zur Stirn und tat, als wollte er ihn hineinbohren. Dabei zog er die Augenbrauen weit in die Höhe.
Sie hat schon Schamhaare. Ich kann sie fragen, ob sie mit dir ins Kino geht, sagte Franz schnell und wußte, wie blöd er sich anhörte.
Hör mal zu, Minz, sagte Jürgen. Ich glaube, du spinnst. Du bist das komischste Mädchen, das ich kenne. Hast du Lust, auf einem Elefanten zu reiten?
Vor einem Supermarkt stand ein kleiner Spielzeugelefant zum Reiten. Jürgen zog ein Geldstück aus der Hosentasche und warf es in den Münzenschlitz. Sie setzten sich beide auf den Elefanten, Franz vorn und Jürgen hinten, und Jürgen legte die Arme um Franz, als säßen sie auf einem Motorrad.
Der Elefant begann sanft zu schaukeln, und sie schaukelten wie wild mit, bis der Geschäftsführer aus dem Supermarkt kam und rief, sie sollten schauen, daß sie wegkämen, und zwar schleunigst.
Am nächsten Tag brachte Jürgen Franz eine Jimi-Hendrix-Platte in die Schule mit. Auf die Hülle hatte er einen Elefanten geklebt, den er aus einer Zeitschrift ausgeschnitten hatte.
Vom Elefantenmaul ging eine Sprechblase aus, in der stand:
Für die heilige Minz mit dem Knopf im Kopf.

Als Franz versuchte, die Schallplatte im Wohnzimmer seiner Eltern abzuspielen, sagte die Mutter: Nur über meine Leiche.

Ein Leichenwagen stand vor dem Haus. Franz hob die Gardine in der Küche und steckte seinen Kopf darunter durch.
Laß das, sagte die Mutter, hör auf, kannst du nicht hinunterschauen, ohne daß jeder es merkt.
Franz saß hinter der Gardine und atmete vorsichtig, damit keine Bewegung sichtbar würde.
Seit er ins Gymnasium ging, traf Franz Andrea nur noch selten. Doch jetzt sah er sie am Spielplatz auf einer Bank sitzen und eine Zigarettenkippe rauchen, die sie vom Boden aufgeklaubt hatte.
Eine Frau in unserem Haus hat sich mit dem Küchenmesser die Halsschlagader durchgeschnitten, erzählte Franz.
Die Nachbarin hat ein Röcheln gehört. Das Blut ist unter der Tür durchgelaufen. Die Hände der Leichenträger waren mit Blut verschmiert. Es waren Blutstropfen im ganzen Treppenhaus. Jemand hat rotes Putzwasser in den Gully geschüttet.
Es stimmte, daß er durch das Küchenfenster gesehen hatte, wie die Leichenträger mit einem Taschentuch Blut von ihren Händen gewischt hatten.
Der Rest stimmte nicht, oder vielleicht doch, woher sollte er das wissen.
Toll, sagte Andrea neidisch. Warum passiert bei uns nie so was.
Wieso, sagte Franz, ich habe gedacht, daß eure Nachbarin von der Autobahnbrücke gesprungen ist.

Schon, sagte Andrea, die sich offenbar seit neuestem die Fingernägel lackierte. Aber es ist ja was anderes, ob man so was bloß hört oder ob es im selben Haus passiert.

Stimmt, sagte Franz.

Wie würdest du dich umbringen, fragte Andrea und kaute am Nagel ihres Ringfingers.

Weiß nicht, sagte Franz. Wenn man Schlaftabletten nimmt, kackt man sich voll, habe ich gehört.

Man kackt sich immer voll, wenn man stirbt, sagte Andrea.

Wenn man sich die Pulsadern im warmen Wasser aufschneidet, soll es überhaupt nicht weh tun, sagte sie.

Andererseits, sagte Franz, wäre es auch schön zu wissen, wie es sich anfühlt, durch die Luft zu fliegen. Ich meine, wenn man sowieso sterben will. Dann könnte man gleich von einem Kirchturm springen.

Ich glaube, daß man beim Fallen schon bewußtlos wird, sagte Andrea. Ich würde mich zum Beispiel niemals erschießen. Nachher muß jemand dein Hirn aufwischen, so eine Sauerei.

Ein Kollege meines Vaters, fuhr sie fort, hat sich mit dem Gürtel seiner Badehose auf dem Klo erhängt. Häßlich, sagte sie. Da lachen doch alle drüber.

Selbstmörder werden nicht vom Pfarrer begraben, sagte Franz. Weil Selbstmord angeblich eine Todsünde ist.

Wenn ich beichten gehe, sagte Andrea, sage ich immer: Ich habe nur wenige Sünden und solche, wie sie halt jeder Mensch hat. Dann bete ich zwei *Vaterunser* und ein *Gebenedeit seist du, Maria*. Dann kann ich wieder von vorn anfangen. Willst du mal mit mir zum Klauen gehen?

Was weiß ich, sagte Franz. Vielleicht.

Dann gingen sie zur Autobahnbrücke und spuckten hinunter auf die vorbeifahrenden Autos.
Andrea deutete auf etwas, das im Gebüsch neben der Autobahnbrücke an einem Zweig hing: ein weißes schlaffes Gummiding mit einem Zipfel dran.
Etwas Ähnliches hatte Franz einmal in der Schule gesehen. Jürgen hatte es aus seiner Hosentasche gezogen und aufgeblasen.
Dabei hatten fast alle Jungen vor Vergnügen geschrien, und Franz hatte aus Höflichkeit mitgelacht.

Andrea und Franz gingen in die Stadt klauen.
Sie gingen in einen Geschenkeladen. In einem Geschenkeladen gab es Dinge, von denen man nicht gedacht hätte, daß es sie gab. Sie hatten einem auch nicht gefehlt. Erst wenn man sie sah, begriff man, daß man sie gerne hätte. Das Leben würde vielleicht anders aussehen mit diesem oder jenem Ding. Wenn man die Dinge jetzt nicht bekäme, dann würde man auf ewig von einer Leere verfolgt.
Franz sah einen Hundenapf aus Plastik mit lustigen Sprüchen drauf. Andrea stand vor einem Regal mit bunten Tassen. Es gab lange und dicke Bleistifte mit wuscheligen Köpfen. Franz nahm ein Federmäppchen aus grellgrünem Plastik in die Hand.
Du nimmst es ganz einfach und läßt es dann in deinem Ärmel verschwinden, hatte Andrea gesagt, die gerade einen Ring mit einem Totenkopf in der Hand hielt.
Es ist ganz einfach. Und glaubst du, daß es denen weh tut? Die verdienen so viel Geld, daß sie darin schwimmen. Es ist sowieso so viel von den Sachen da, daß keiner merkt, wenn etwas verschwindet.

Es war eine neue Mutprobe.
Sie gingen in drei verschiedene Geschäfte, und Franz klaute drei verschiedene Dinge: den blauen Hundenapf aus Plastik, eine Frosch-Spardose, einen emaillierten Anstecker in Form eines Schmetterlings.
Andrea hatte den Totenkopfring, eine Packung lila Füllerpatronen und eine Packung Goldglitter geklaut.
Und was jetzt, sagte Franz, als sie den dritten Laden verließen.
Wir gehen eine Cola trinken, schlug Andrea vor. Im Selbstbedienungsrestaurant im Kaufhaus kann man sich selber seine Cola von einem Automaten holen. Wenn die Frau von der Kasse nicht herschaut, kannst du immer wieder abtrinken und neu nachfüllen.
Erst gingen sie in die Lebensmittelabteilung.
Sie kratzten den weißen Schnee aus den Gefriertruhen und machten eine Schneeballschlacht.
Sie öffneten Tüten im Süßigkeitenregal und steckten sich Bonbons und Weingummis in den Mund.
Beim Probierstand räumten sie das ganze Tablett mit belegten Schnittchen ab.
Sie machten Einkaufswagenralleys zwischen den Verkaufsregalen.
Die Verkäuferinnen holten den Verkaufsleiter.
Wißt ihr, was Hausverbot ist, fragte der. Das bekommt ihr jetzt, weil ihr euch aufführt wie die Hottentotten. Raus, oder ich hole die Polizei.
Schrecklich, klagte Andrea. Ich muß gleich heulen.
Dann fuhren sie mit der Rolltreppe ins oberste Stockwerk und holten sich eine Cola. Sie setzten sich mit ihren Gläsern an einen Tisch.
Ich habe schon mindestens einen halben Liter am Auto-

maten getrunken, sagte Andrea zufrieden. Sie zog den Bauch ein, und Franz konnte das Gluckern hören.
Alte Frauen mit Hüten saßen um sie herum vor ihren Kuchenstücken. Sie nahmen die Kuchengabel in ihre steifen Finger und stachen vorsichtig ein Stück Kuchen ab. Es sah aus, als wollten sie den Moment hinauszögern, da der Kuchen ganz aufgegessen wäre. Jenseits von diesem Kuchenstück lag die Leere eines endlosen Tages.
Franz breitete seine geklauten Gegenstände vor sich aus und wartete darauf, daß die Besitzerfreude sich einstellte.
Die Spardose schenke ich Steffen, sagte er und versuchte sich dabei wie ein Wohltäter zu fühlen.
Andrea nahm den gelben Senfspender in die Hand, der auf dem Tisch neben dem Salzstreuer stand.
Die Jungs aus meiner Klasse, erzählte sie, schrauben solche Senfflaschen auf. Sie spucken hinein und schrauben sie wieder zu. Und dann setzen sie sich an einen anderen Tisch und warten, daß jemand kommt und Würstchen ißt.
Franz schaute Andrea an.
Der Gedanke schien ihr Spaß zu machen. Sie tat so, als wollte sie den Senfspender aufschrauben. Sie holte geräuschvoll Schleim aus ihrer Kehle hoch.
Dabei blickte sie Franz an und tat so, als müßte sie lachen.
Und Franz schaute Andrea an.
Ihre Stirn glänzte. Ihre schulterlangen Haare waren fettig. Zwischen dem Bund des schmutziglila Pullovers und der engen Jeans sah man ein Stück Haut.
Ich muß jetzt gehen, sagte Franz. Ich muß noch lernen.
Andrea zog die Nase hoch und entblößte dabei ihre Zähne.

Franz steckte seine Beute ein. Er beeilte sich, aus dem Kaufhaus zu kommen. Er lief durch den Park nach Hause. Er machte neben einem Abfalleimer halt und blickte um sich. Dann warf er nacheinander den Hundenapf, die Spardose und den Anstecker hinein. Er wischte sich die Hände an seiner Jeans ab.

Als er nach Hause kam, hatte er das Gefühl, daß es in seiner Umhängetasche brannte.

Wenn er an den Abfalleimer im Park dachte, wurde ihm ganz heiß. Und auch wenn er daran dachte, wie er Andrea im Kaufhausrestaurant hatte sitzenlassen.

Vielleicht fuhr jetzt schon ein Polizist mit seinem Staubpinsel über den Hundenapf und entdeckte Franz' Fingerabdrücke.

Franzens Herz hatte einen Riß bekommen, der sich langsam, aber sicher mit Staub und Dreck füllte.

Er wollte Andrea nicht mehr begegnen. Er würde einen Bogen um den Abfalleimer im Park machen und auch um die Bank auf dem Spielplatz, auf der sie gesessen und einen Zigarettenstummel geraucht hatte.

Er fürchtete, aus seinen Augen würde der Diebstahl nach außen sickern. Man würde ihm alles ansehen.

Nein, schlimmer: Es würde alles in ihm bleiben und sich dort ansammeln, und er würde es nie wieder loswerden.

Es war schon so viel in ihm, was da besser nicht wäre.

Und alles hatte doch gerade erst angefangen.

II

Im Umkleideraum des Schwimmbads betrachtete Franz vor dem Schwimmunterricht die Mädchen seiner Klasse. Es wuchsen ihnen schon Brüste, es sprossen ihnen schon feine Haare auf der Scham. Franz konnte einmal eine blutige Binde sehen, die in einem Abfalleimer verschwand.
Die Mädchen standen zu zweit in einer Umkleidekabine und kicherten.
Franz gehörte nicht richtig dazu, er war das Dritte, er kam von einem fremden Stern.
Ich bin kein Mädchen, ich werde keine Frau, dachte Franz.
Ich verschwimme nicht, ich werde nicht weich, ich lasse es nicht zu, daß das mit mir passiert.
Wenn ich ganz bei mir bleibe, dann wird mein Körper sich nicht in einen Fremdkörper verwandeln.
Manchmal stand er neben der Mutter im Badezimmer und verglich ihre Körper im Spiegel.
Wenn die Mutter am Morgen zum Wecken ins Kinderzimmer kam und sich dann wegdrehte, ein großes Handtuch vor dem Körper, weil sie gerade geduscht hatte, sah er die breite mondhafte Scheibe ihres Hinterns mit den kleinen Dellen darin.
Bin ich auch so fett, sagte die Mutter manchmal, wenn eine dicke Frau vorüberging.
So fett bin ich aber nicht, sagte sie dann, wenn keiner etwas erwiderte.
Das Frauenfleisch mußte mit Stützhosen und BHs zurückgedrängt werden, weil es über die vorgegebenen Grenzen hinauswollte.

Überall waberte es.
Und von außen wollte alles dort hinein.
Erst drang der Mann in die Frau. Dann wuchs in ihrem Blut und Schleim ein Wesen, das sich nicht mehr abschütteln ließ. Ein gefräßiges Ding wurde in sie gepflanzt, ein egoistisches Ungeheuer.
Es nährte sich an der Frau, es saugte an ihr, es hängte sich an ihren Schürzenzipfel. Erst löschte der Mann sie aus, dann das Kind. Als Leerstelle ohne Namen lief sie auf festgefügten Wegen durch die Straßen, behängt mit prallgefüllten Beuteln und Taschen, deren Inhalt sie noch nicht mal von ihrem eigenen Geld bezahlt hatte.
Es gab keine Tür, die sie hinter sich schließen konnte, außer der Klotür, hinter der die Mutter manchmal saß und komische Laute von sich gab.
Der Mann fuhr mit dem Auto auf den Parkplatz, er sammelte die an ihn gerichtete Post im Briefkasten ein, er legte den Hut auf die Hutablage und ließ sich erschöpft am Küchentisch nieder.
Schön ist es zu Hause.
Er durfte Dinge sehen und erleben, er durfte sich fortbewegen und wieder zurückkehren.
Der Vater verreiste jetzt immer öfter geschäftlich und kam mit kleinem Lufthansa-Besteck nach Hause, das er den Kindern in die Hand drückte.
Glaub bloß nicht, daß ich das genießen kann, seufzte er und legte ein seidenes Halstuch auf den Tisch, das er am Flughafen für die Mutter gekauft hatte.
Zu Hause, in den vier Wänden, wucherte das Leben unkontrolliert und unaufhaltsam. An allen Ecken und Enden gab es etwas einzudämmen, in Schach zu halten.
Die Wohnung wurde vom faltenden und schichtenden,

ordnenden und aussortierenden Geist der Mutter durchdrungen. Es gab keine Schublade, in die übriggebliebene oder schwer einzuordnende Sachen einfach hineingestopft wurden, es gab keine schwer erreichbare Leiste irgendwo, wo der Staub sich sammelte, kein Hemd wurde ungebügelt in ein Fach gedrückt, kein Schuh blieb ungeputzt in einer Ecke liegen. Socken stopfte sie in einem vorbildlichen Rechteck, Stück für Stück, und schichtete sie dann paarweise zusammengelegt in einen Schuhkarton.

Mit ungeduldigen, wütenden Bewegungen schüttelte sie Teppiche aus und bürstete über der Badewanne den Dreck von den Schuhen.

Für die Mutter war das Leben etwas, das man erledigte.

Je weniger Spuren man dabei machte, desto besser.

Hätte ich die Wohnung einmal ein paar Tage für mich, sagte sie.

Was dann, fragte Lena, bereit zum Kampf.

Ich würde mich auf das Wohnzimmersofa setzen und die Ordnung genießen, ich würde keinen Finger rühren, ich würde nichts von seinem Fleck bewegen.

Lena stöhnte auf.

Franz strich sich über seinen flachen Bauch. Er drehte sich vor dem Spiegel und betrachtete seinen Hintern, der klein war und fest. Er spannte die Muskeln seiner Oberarme, indem er die Fäuste ballte. Er stellte sich breitbeinig hin und schaute sich mit gerunzelter Stirn an.

Er hatte Angst.

Unter allen Umständen war zu vermeiden, daß mit ihm das geschah, was mit anderen geschah. Er würde sich beim ersten Anzeichen gegen alles stemmen, was ihm zur Gefahr werden könnte.

Er, Franz, würde nicht verschwinden.
Du bist ein Spätentwickler, sagte die Mutter.
Ja, das war in Ordnung, und das wollte er sein, so lange es ging. Er würde sich nicht entwickeln, lieber wollte er sich einwickeln, in harte Bandagen, die das Schwellen des Körpers aufhielten.
Er stand gerne vor dem Spiegel im Flur, Standbein, Spielbein, die eine Hand am Oberschenkel, die andere neben der Hüfte leicht erhoben.
Er hätte sich selbst gerne angeschaut, ohne sich in die Augen blicken zu müssen. Er hätte gern gewußt, wie andere ihn sahen, schräg von hinten, von der Seite, wenn er an etwas ganz anderes dachte.
Er fand sich schön. Vielleicht war er ein Engel, etwas Überirdisches, von Gott gesandt.
Aber wo gab es Kleider, die Engel tragen konnten?
Im Geschäft mußte man sich immer entscheiden, Pfeile sandten einen nach links oder nach rechts.
Jungen trugen Hemden, Mädchen trugen Blusen.
Mädchenhosen hatten ihren Reißverschluß jetzt auch vorne, aber der Eingriff war links und nicht rechts, so als wären alle Mädchen Linkshänder. Sowieso hatten die Mädchen nichts zum Herausholen.
Etwas zum Herausholen zu haben war eine großartige Sache.
Nichts zum Herausholen zu haben war, ehrlich gesagt, ein Witz.
Dafür konnten die Jungs jetzt im Schwimmbad die Bikini-Oberteile der Mädchen öffnen und sich danach kranklachen. Denn was man da herausholen konnte, war nicht großartig, aber hoffentlich groß, es war ein Kuheuter, ein nutzloser praller Hautsack.

Es weckte eine unbändige Gier nach Anschauen und Anfassen.
Es war etwas Lächerliches an den Mädchen hier im Schwimmbad.
Sie standen am Sprungturm und sahen zu, wie die Jungs mit weit ausgebreiteten Armen vom Zehn-Meter-Brett sprangen.
Sie ließen sich kreischend ins Wasser werfen.
Und die Frauen liefen mit Körpern herum, in die sie nicht hineinzugehören schienen.
Franz tauchte unter Wasser, hielt die Luft an und dachte folgendes:
Wie lange würde es dauern, bis er endlich alt war? Richtig alt also, und damit dem Tod näher als jetzt. Jemand hatte behauptet, das Leben sei in zwei Hälften geteilt. Die Zeit, bis man dreizehn ist, und die Zeit danach. Wenn es so war, hatte er die Hälfte bald hinter sich. Es reichte ihm offengestanden, er konnte nicht glauben, daß es besser würde.
Das Leben reizte ihn nicht besonders. Er kaufte sich ein liniertes Heft, setzte sich zu Hause an seinen Schreibtisch und schrieb:
Ich habe weder Arme noch Beine, ich habe keinen Kopf und keinen Bauch. Ich hänge an einem Faden, etwas schneidet in meinen Hals und schneidet mir die Luft ab.
Er wußte nicht, wieso er das geschrieben hatte, wer diese Wörter aus ihm gegraben und aufs Papier gesetzt hatte. Die Wörter riefen etwas in ihm hervor, eine Zufriedenheit, die neu war und die er von nun an immer wieder hervorrufen wollte.
Er setzte sich vor das Heft, sooft er Zeit hatte.
Willst du jetzt ein Stubenhocker werden, fragte die Mutter.

Noch konnte Franz sich unauffällig verkleiden und in etwas verwandeln, das jedenfalls kein Mädchen war auf dem Weg zur jungen Frau.
Keiner zuckte mit der Wimper, wenn Franz daherkam.
Nichts konnte ihn verraten. Noch nicht.
Lena fluchte auf dem Klo und vergaß manchmal dicke Zeitungspapier-Päckchen auf dem Rand des Waschbeckens. In der Waschschüssel lag eine blutige Unterhose, von der sich langsam rote Wolken ins Wasser ausbreiteten.
Was soll eigentlich dieses ganze Blut?
Das ist das ungezeugte Kind, das du jeden Monat aus dir herausstößt unter Krämpfen.
Und der Mann?
Er stößt die ungezeugten Kinder unter Lust aus sich heraus und in rauhen Mengen.
Oma sagte zu Lena, wasch dir bloß nicht die Haare, wenn du dein Zeug hast. Wenn du dein Zeug hast und dir die Haare wäschst, wirst du verrückt, und sie müssen dich mit der Zwangsjacke abholen.
Sie erzählte von einer Nachbarstochter, die mit der Zwangsjacke abgeholt worden war.
Überhaupt bist du als Frau dem Irrsinn näher.
Lenas am Abend über den Stuhl gehängte Kleider rochen streng. Ihr Büstenhalter hatte einen Schweißrand. Sie hatte Akne und ging ab und zu zur Hautpflege, von wo sie mit einem glühenden, von roten Flecken entstellten Gesicht zurückkam.
Sie war kein schöner Anblick, mit ihren Spaghetti-Haaren und dem kraftlosen, etwas übergewichtigen Körper.
Einmal, als Franz am frühen Abend nach Hause kam und im Kinderzimmer das Licht andrehte, lag Lena mit

irgendeinem blassen Typen aus ihrer Klasse auf dem Bett und zog wütend ihre Bluse zurecht. Die heiße, abgestandene Luft, die geschwollenen Gesichter. Franz öffnete angewidert das Fenster.
Halt dich aufrecht, sagte die Mutter zu Lena. Schlurf nicht. Nimm die Schultern zurück. Oder willst du einen Hängebusen.
Kannst du dich bitte ein bißchen weniger ordinär hinsetzen. Lach nicht so laut. Entschuldige, aber du muffelst.
Lena knallte ihr Buch auf den Tisch.
Darf man denn gar nichts mehr zu dir sagen.
Der Vater hatte seine festen Wege in der Wohnung, vom Kühlschrank zum Fernsehsessel und zurück und ab und zu in den Keller, mit dem roten Flaschenträger in der Hand.
Dabei summte er manchmal vor sich hin. Es klang nicht wie ein Lied. Es klang wie das Summen einer eingeschlossenen Fliege.
Manchmal kitzelte er Lena im Vorübergehen im Nakken, ließ sich von ihr anfauchen und lachte.
Nur Steffen, der jeden Abend vor dem Zubettgehen im Wohnzimmer auf dem Fußboden aus seinen Kleidern einen Kuchen buk, bekam von alldem nichts mit.
Er wollte Spieleerfinder werden.
Er gerät nach mir, sagte die Mutter. Er hat meinen Ordnungssinn. Er hat meine Offenheit und mein heiteres Gemüt.
In seinem Zimmer baute Steffen verwinkelte Landschaften. Hinter der Tür sprach er mit verstellter Stimme und ließ seine Schlümpfe sterben und wieder auferstehen. Sie schossen einander ab und schrien, sie starben und wurden wiederbelebt. Sie versteckten sich in Sockenhöhlen

und kletterten auf Stuhlberge. Sie fielen kopfüber in ein Meer aus Legosteinen.
Steffen kam mit seinem Vampirumhang und mit aufgemalten Blutstropfen im Gesicht zu Franz und erzählte ihm einen selbsterfundenen Witz.
Er ist witzig, weil er nicht witzig ist, erklärte Steffen. Und weil man am Ende sagt, daß es ein Witz war.
Kommt der Tod rauf, fing er an.
Franz wollte stillhalten, sich ganz klein machen. Er würde in einer Ecke sitzen und die Natur an sich vorüberziehen lassen. Sie würde ihn nicht finden.
Und wenn sie ihn fand, würde er sich steif machen, sich totstellen, die Arme an den Körper gedrückt, die Lippen zusammengepreßt.
Die Mutter, die in der Küche das Geschirr abspülte.
Es roch nach frisch gebrühtem Kaffee.
Lena, die auf den Fersen durch die Wohnung ging.
Dann Geschrei aus der Küche.
Die Mutter: Wie oft habe ich dir eigentlich gesagt.
Lena: Tu es, bitteschön, tu es doch, du traust dich ja doch nicht.
Eine Pause.
Dann Lena, die heulend ins Badezimmer rannte und sich die Salatsoße und die Gurkenstückchen aus dem Haar wusch.
Sagt »aha«, fuhr Steffen fort.
Franz forderte Steffen auf, seinen unwitzigen Witz noch einmal zu erzählen. Sie lagen auf dem Bett und lachten, bis sie Seitenstechen bekamen. Und dann noch mal von vorn.
Der Witz ist aus, krähte Steffen zum ungefähr hundertsten Mal.

Ich kann nicht mehr, stieß Franz hervor.
Sie begannen zu raufen, sich zu kitzeln und in die Seiten zu boxen. Als Steffen auf Franz' Brust sprang, tat es so weh, daß Franz ihn aus dem Zimmer warf und die Tür hinter ihm zuknallte.
Es wuchs ihm ein Busen. Klein, aber immerhin.
Er, sie, Franz, wer war er eigentlich, sie, Franziska?
Sie war doch ein feiner Kerl, ein guter Kumpel.
Sie war ein Augenmensch, sie mochte gern genau hinschauen, manchmal durch das Fernglas des Vaters, das über den Himmel schweifte und zur gegenüberliegenden Wohnung hin, wo die Nachbarin die Betten aufschüttelte, manchmal durch das umgedrehte Opernglas der Mutter, das machte, daß der Flur noch länger aussah, wie ein unendlich langer dunkler Gang, von dem Türen nach links und rechts abgingen, neuerdings durch ein Mikroskop, unter das sie Teile ihrer Welt legte: Hautschuppen, ein Haar, einen Tropfen Tinte, ein wenig Spülwasser, den Flügel einer tot gefundenen Wespe.
Immer noch ging sie gern auf den Speicher, durch die Reihen der zum Trocknen aufgehängten Bettlaken, an denen sie mit dem Gesicht entlangstrich, kauerte sich dann auf den Boden und schaute durch eins der kleinen Fenster auf die Straße, wo die Menschen sich wie Ameisen bewegten, geschäftig und scheinbar immer mit einem Ziel.
Sie ging gern an den Wohnzimmerschrank und holte alte Bilder ihrer Eltern heraus, die sie lange betrachtete. Ihre Mutter als junge Frau, die lachend auf einen See hinausrudert. Ihr Vater als junger Mann mit langen Gliedern und einer widerspenstigen Strähne in der Stirn.
Man konnte nicht behaupten, daß man die Dinge, Orte

oder Menschen kannte, von denen man ständig umgeben war; man hörte irgendwann auf, sie überhaupt noch zu sehen.
Man mußte schon aus großer Nähe oder aus großer Ferne auf sie blicken, wenn man etwas über sie wissen wollte.

Folgendes lernte Franziska auf einer Klassenfahrt von ihren Mitschülerinnen: Will ein Mädchen einen Jungen küssen, muß sie die Zunge über die Lippen kreisen lassen.
Das ist das Äußerste, was sie tun kann. Dann muß sie warten.
Sie müssen eigentlich immer warten, dachte Franziska, die sich nicht gemeint fühlte.
Ob sie zum Tanz aufgefordert werden. Ob einer sie fragt, ob sie mit ihm gehen will. Ob einer sie ins Kino oder zum Eisessen einlädt.
Ihre Macht lag in einem kleinen Wörtchen, das Wörtchen hieß: *nein*.
Nein war das Wort der Unzufriedenen und zu kurz Gekommenen, es zog mit der Zeit die Mundwinkel nach unten.
Aber wenn ein Mädchen sich an diese Regeln nicht hielt, konnte sie mißverstanden werden und mußte sich nicht wundern, wenn Dinge passierten, mit denen sie nicht gerechnet hätte.
Eine jede Regel hatte schon ihren Sinn.
Wo wären wir denn sonst?
Ja, wo eigentlich.
Im Englischunterricht lernte Franziska:
»Man« heißt Mann, aber auch Mensch.

Im Religionsunterricht lernte Franziska:
Jesus hat sich mit den Geringsten seiner Brüder eingelassen: mit den Verbrechern, den Behinderten und, ja, auch mit den Frauen.
Im Französischunterricht lernte Franziska:
Eine Gruppe von männlichen Wesen ist männlich.
Eine Gruppe von weiblichen Wesen ist weiblich.
Mischt man beide Gruppen, so ist es eine männliche Gruppe.
Und wie ist es mit einer Gruppe von hundert Frauen und einem Mann, fragte Franziska.
Ein Mann unter tausend Frauen reicht, damit das grammatische Geschlecht männlich wird, sagte die Französischlehrerin. Sie hatte einen lila Chiffonschal um den Hals geschlungen und die großen Poren in ihrem Gesicht mit Make-up zugeschmiert.
Aber das ist doch ungerecht, sagte Franziska.
Die Unzufriedenheit stieg in ihr hoch und kochte in ihrer Kehle.
Ungerecht oder nicht, sagte die Lehrerin, während die Jungen unterdrückt lachten, es ist Grammatik.
Franziska ging an den Schrank ihres Vaters. Sie holte einen alten Wollpullover heraus und zog ihn über. Unter einem solchen Haufen Wolle war man gut versteckt. Gleichzeitig war man da und doch wieder nicht.
Dann ging sie zum Salon Evelyn ein paar Häuserblocks weiter.
Waschen und schneiden, bitte.
Die Friseuse blickte sanft und ein wenig wehmütig auf Franziska, die vor ihr stand und einen Haarschnitt verlangte.
Sie legte den Umhang um Franziskas Hals. Sie lächelte

ihr im Spiegel zu und ließ die Finger zärtlich durch ihre Haare gleiten. Die langen Nägel der Friseuse kratzten auf Franziskas Kopfhaut, während sie die Haare einschamponierte.

So richtig, summte die Friseuse fragend.

Franziska nickte unter ihren Händen.

Die Friseuse nahm das Schneidemesser und schabte die Nackenhaare ab. Franziska kniff die Augen zusammen. Sie hielt die Tränen in den Augenwinkeln fest.

Ab und zu spürte sie die Brüste der Friseuse an ihrem Kopf, weich und fest zugleich. Der hellblaue Kittel schlug Falten über ihrem Hintern. Franziska beobachtete im Spiegel, wie die Falten sich bei jeder Bewegung veränderten.

Die Friseuse roch nach einer Mischung aus Haartaft und Hühnerbrühe.

So, sagte sie und holte einen Handspiegel.

Einverstanden? Jetzt sehen wir wieder nach was aus, stimmt's.

Du hast bestimmt fünf Mädchen an jeder Hand. Mädchen mögen schüchterne Jungs.

Franziska nickte wieder. Sie ließ ihre Fingerspitzen über den kurzrasierten Nacken gleiten.

So kannst du nicht unter die Leute gehen.

Sagte die Mutter.

Sie kramte in ihrem Kleiderschrank und kam mit einem Kopftuch zurück. Hier. Setz das auf.

So, wie du dich bewegst, bewegt sich aber auch kein Mädchen.

Franziska schlug die Zimmertür hinter sich zu und warf sich aufs Bett.

In ihrem Kopf waren hartnäckige Stimmen. Schwer zu sagen, woher sie kamen.

Wie muß ich mich bewegen?
Verhaltener. Du nimmst so viel Platz ein. Du machst zu große Schritte, du steckst die Hände in die Hosentaschen. Beim Gehen schiebst du die Hüfte nach vorne. Den Kopf trägst du so herausfordernd auf deinen Schultern. Insgesamt mußt du ein wenig zurückschrauben, du mußt von jetzt an weniger werden.
Wer sagt das?
Du wirst schon sehen, wo du landest.
Wo denn, sag schon.
Du landest bei denen, auf die man mit dem Finger zeigt, über die man den Kopf schüttelt, vor deren Augen man die Faust drohend hebt. Man lacht, wenn sie auftauchen, man schlägt sich auf die Schenkel, man hört auf zu reden, man wendet sich in eine andere Richtung, man sieht durch sie durch, als wären sie Luft. Man geht auf die andere Straßenseite, wenn sie auftauchen.
Du willst doch kein Monster werden, oder etwa doch. Du mußt also gut aufpassen, wie die anderen es machen.
Welche anderen?
Die meisten.
Und wenn ich es nicht tue?
Dann wirst du sehen.
Wenn ich aber nicht sehen will?

Franziska übte Eisschnellaufen. Sie stellte sich vor, daß sie an der Winterolympiade teilnahm. Sie legte den Oberkörper nach vorne, sie fuhr mit ausladenden Bewegungen.
Ein Junge kam zu Franziska gefahren. Er bremste scharf und nahm sie zur Seite.
He du. Mein Freund fragt, ob deine Freundin mit ihm gehen will.

Wer ist dein Freund, fragte Franziska.
Er sitzt da hinten auf der Bande, er hat eine rote Mütze auf.
Der Junge zischte ab.
Ob du mit dem dahinten gehen willst, fragte Franziska Anna.
Anna sagte nö, Franziska schüttelte den Kopf zu den beiden Jungen hin. Der Junge mit der roten Mütze machte eine wegwerfende Bewegung mit der Hand.
Aus dem Lautsprecher kam Samba Patí.
Anna und Franziska zogen die Schoner über die Kufen ihrer Schlittschuhe und holten sich Pommes frites an der Luke. Sie zogen die Handschuhe aus und tauchten die Pommes ins kalte Ketchup. Sie schleckten sich die fettigen Finger ab. Anna hatte Schokolade in der Anoraktasche, die sie teilten: Sie war hart von der Kälte und schmolz langsam im Mund.
Der Junge kam noch mal an.
Ob du mit meinem Freund gehen willst, fragte er Franziska.
Nein danke, sagte Franziska, kein Bedarf.
Der Junge nahm seine Alpakamütze, ab und Franziska sah, daß er lange dunkle Locken hatte, die er jetzt schüttelte. Er war hübsch, mit schmalen Augen und einer kleinen, von feinen Sommersprossen gesprenkelten Nase. Er blieb neben Franziska stehen und rieb seine Handschuhe gegeneinander.
Mein Freund spinnt, sagte er. Er ist nicht eigentlich mein Freund.
Anna war schon wieder losgefahren.
Und, fragte Franziska.
Fährst du eine Runde mit mir, fragte der Junge.

Wie heißt du, fragte er. Er hieß Karl.
Er sagte, miteinander gehen ist doch komisch, oder.
Genau, sagte Franziska.
Anna hatte jetzt jemanden getroffen, sie probierten eine Pirouette und fielen hin.
Einmal hatte vor der Schule ein Junge Franziska gefragt, ob sie mit ihm gehen wollte.
Ja, hatte Franziska gesagt, weil sie nichts gegen den Jungen hatte. Eine Woche später hatte der Junge gesagt, ohne Küssen und so weiter könne man nicht miteinander gehen.
Soll ich dir was sagen, fragte Karl.
Ja, sagte Franziska.
Mein Freund hat gar nicht gesagt, daß ich dich fragen soll, ob du mit ihm gehst.
Ja und, sagte Franziska.
Du bist in der 8d, stimmt's, fragte Karl.
Und du in der 8c, sagte Franziska.
Sie verabschiedeten sich mit dem Gefühl, daß etwas Besonderes geschehen war.

Es fing mit einem Zettel an, den Karl Franziska in der großen Pause in die Hand steckte.
Am nächsten Tag bekam Karl dann einen Zettel von Franziska.
Von da an saß Franziska fast jeden Tag zu Hause an der alten schwarzen Schreibmaschine der Mutter, die sie aus dem Wohnzimmer ins Kinderzimmer geschleppt hatte, und tippte einen Brief an Karl.
Franziska bekam Briefe in allen möglichen Farben.
Ich pfeife auf ihre, schrieb Karl.
Sie leben nicht wirklich und wir, schrieb Franziska.

Hundertmal nein, schrieb Karl.
Ha ha ha ha ha ha, schrieb Franziska.
Franziska sammelte Karls Briefe in einer alten Kaffeedose.
In der großen Pause gingen sie in großen Bögen umeinander herum.
Manchmal unternahmen sie etwas miteinander.
Sie radelten am Fluß entlang und machten einen alten Kahn wieder startklar, dann paddelten sie mit Hilfe von zwei morschen Brettern zu einer winzigen Insel und legten sich ins Gras. Sie sangen alle Werbeslogans, die ihnen einfielen. Auf dem Jahrmarkt kauften sie rosa Zuckerwatte und schmuggelten sich durch den Hintereingang ins Spiegelkabinett. Sie machten einen Ausflug in den Wald und hockten sich unter Karls Jacke, als es anfing zu regnen.
Einmal telefonierten sie drei Stunden miteinander.
Manchmal redeten sie stundenlang nichts.
Die Minuten und Stunden flimmerten, wenn man das Schweigen nicht brach. Sie wurden plötzlich weit und öffneten sich.
Darüber und über vieles andere waren sich Karl und Franziska einig. Sie lauschten den Regentropfen, die von den Blättern der Bäume herabfielen und auf der Kapuze von Karls Regenjacke zerplatzten.

Lena und Franziska saßen im Schneidersitz in der Hollywoodschaukel und strickten. Auf dem Tisch lagen die Strickanleitungen aus der Modezeitschrift. Lena strickte einen blauen Pullover mit V-Ausschnitt und Raglanärmeln. Franziska strickte einen weißen Pullover mit Rollkragen, glatt rechts.

Sie waren zwei Tage allein im Wochenendhaus.
Hier habt ihr den Schlüssel, hatte der Vater gesagt. Eure Mutter braucht ein wenig Erholung.
Einen ganzen Tag lang war die Mutter nicht mehr aus dem Schlafzimmer gekommen.
Was war passiert?
Sie spinnt mal wieder, sagte Lena.
Franziska und Lena kochten sich zum Mittagessen Reis in Kochbeuteln und Erbsen aus der Dose. Schweinelendchen, die der Vater ihnen aus dem Gefrierschrank in eine Kühltasche gepackt hatte. Sahnesoße dazu.
Am Sonntagabend hole ich euch wieder ab.
Du brauchst uns gar nicht mehr abzuholen, Hauptsache, du bringst ab und zu was zu essen vorbei.
Werdet nicht schon wieder frech.
Franziska hatte alte Romanhefte gefunden. In eine Decke gewickelt, lag sie später in einem Liegestuhl auf der Terrasse. Sie ließ die fertiggelesenen Hefte auf den Boden fallen, wo sie langsam einen Haufen bildeten.
Der Himmel meint es gut mit dem Brautpaar. Ein strahlender Morgen ist angebrochen. Las sie. Ließ zu, daß die Sätze in sie hineinträufelten wie Zuckerwasser. Sie flossen zäh durch Franziskas Adern und landeten in ihrem Hirn.
37, dachte Franziska wieder mal.
37 war ihre Geheimzahl.
37 bedeutete alles, worüber sie nicht sprechen konnte:
Bei allen möglichen Gelegenheiten zählte sie bis 37. Die Nudeln in der Suppe. Die Stufen im Haus. Die Seiten in ihrem Schulatlas.
Die 37. Nudel lutschte sie ab und legte sie auf den Tellerrand, und wenn die Suppe ausgelöffelt war, steckte sie

sie in den Mund und kaute sie mit Andacht, ließ sich Zeit, bis sie den letzten Nudelrest hinunterschluckte.
Auf der 37. Stufe blieb sie kurz stehen und spürte, wie etwas in ihre Beine drang, ein Strom, ein elektrischer Schlag. Konnte keiner sie sehen, dann drückte sie manchmal ihren Mund gegen den kalten Stein.
Auf die 37. Seite im Schulatlas malte sie die Zahl 37, in verschiedenen Größen, Farben, Formen. In die Wüste, ins Rote Meer, quer über die Golanhöhen.
37, dachte Franziska. Ein wohliger Schauer durchfuhr sie.
Auf dem Campingtisch lag ihr Tagebuch, ein dicker Terminkalender, den der Vater von der Arbeit mitgebracht hatte. Die Seiten wellten sich von den mit Kugelschreiber tief eingegrabenen Notizen, sie knisterten, wenn man sie umblätterte.
Franziska schrieb so, daß kein anderer, der zufällig oder auch absichtlich an das Buch geraten würde, verstehen könnte, worum es eigentlich ging. Sie schlüpfte hinein in ein Gewebe aus Worten, das nur für sie einen Sinn ergab. Wer oder was war 37?
37 war vieles.
37 war die Musiklehrerin, der sie ein paarmal im Schulhaus begegnet war, wenn sie Rundschreiben weitertrug. Es war das Klacken der Absätze im leeren Flur, das traurige Gesicht der Musiklehrerin, ihre geschmacklose Frisur, die an Montagen besonders hart an den Kopf modelliert war. Franziska hatte aus Fimo einen VW Käfer geformt, den sie mit grünem Bastellack angemalt hatte und der jetzt auf ihrem Schreibtisch stand. Manchmal saß sie auf einer der Fensterbänke im Schulgebäude und wartete darauf, daß die Musiklehrerin in ihren grünen Käfer einstieg und davonfuhr.

Sie stellte sich vor, daß die Musiklehrerin den Kopf hob und zu ihr hochsah.
Was wäre dann?
Dann würde sie Franziska sehen.
Ja und?
Reichte das denn nicht?
Näher als so würde sie nie an die Musiklehrerin herankommen. Und trotzdem gab es eine Verbindung von ihr zu Franziska, auch jetzt, in dieser Sekunde, auf der Terrasse des Wochenendhauses.
37 war der Religionslehrer, dieser lächerliche Mann mit dem albernen Schnauzer und den braunen Wollpullovern, der in den Stunden vor den Ferien peinliche Diavorträge hielt, in denen er mit Kniebundhosen vor irgendeinem Gipfelkreuz posierte.
Aber Franziska war es ein paarmal so vorgekommen, als hätte er sie auf eine besondere Weise angeschaut.
Die Lächerlichkeit des Religionslehrers machte das, was Franziska für ihn empfand, wertvoller. Es band sie enger an ihn, daß die anderen hinter seinem Rücken über ihn herzogen.
Sie zog ja auch über ihn her, am lautesten manchmal von allen, sonst hätte sie ihn und auch sich selbst verraten.
Kein anderer konnte in den Kreis hineingelangen, in dem sie sich mit ihm befand.
Einmal hatte der Religionslehrer der Klasse gesagt, sie könnten in einem anonymen Brief ihre Probleme schildern.
Die anderen kicherten, und Franziska prustete laut heraus.
Ich habe keine Lust auf Zungenkuß, hatte sie dann zu Hause geschrieben und den Brief dem Religionslehrer in die Hand gedrückt.

37 war auch die neue Mitschülerin aus Schweden, die plötzlich schräg vor ihr gesessen hatte, mit wirren schwarzen Haaren, hellgrünen Augen, weiten Fischerhemden und selbstgestrickten bunten Pullovern. *I seek pleasure*, stand auf ihrem Federmäppchen, und in der Pause hatte sie Franziska erzählt, daß sie zu Hause eine einäugige Katze hatte, die *Bandiera Rossa* hieß.
Nach der Schule wurde sie manchmal von ihrem Vater mit dem Motorrad abgeholt.
Andere standen in einem dichten Kreis um sie herum, wenn sie ihnen obszöne Ausdrücke auf Schwedisch beibrachte.
Franziska stand in sicherer Entfernung an die Wand gelehnt und tat, als wäre sie nur an ihrem Pausenbrot interessiert.
Es gab noch einen blonden Jungen, der ein paar Jahre jünger war als sie und der manchmal vor ihrem Haus auf sie wartete. Er war noch ein Kind. Aber Franziskas Herz schlug schneller, wenn sie ihn neben den Abfalltonnen stehen sah. Sie spielte mit ihm, als wäre sie seine große Schwester. Dabei wartete sie jetzt schon darauf, daß er älter wurde und endlich alt genug war.
Wieso 37?
Weiß nicht.
Es mußte unmöglich sein. Nur dann gehörte es ihr allein.
Lena spielte auf dem Kassettenrekorder immer wieder dieselbe Kassette ab, die ihr ein gewisser Johnny aufgenommen hatte, der in eine Klasse über ihr ging. Johnny hatte eine Nickelbrille und trug seine Schnürstiefel immer offen. Bei einem Motorradunfall hatte er sich alle Zähne im Oberkiefer ausgeschlagen und mußte jetzt ein

Gebiß tragen. Er spielte Elektrogitarre in einer Rockband.
In den Pausen stand er manchmal an die Wand des Schulgebäudes gelehnt, die Hände tief in die Taschen seines Parkas vergraben. Die Augen hatte er geschlossen. Sein Körper zuckte zu irgendeinem unhörbaren Rhythmus, sein Fuß klopfte nervig auf den geteerten Schulhof. Er lachte nie, wahrscheinlich wegen den Zähnen.
Er ist ein Supertyp, sagte Lena.
Sein Vater hat eine Sockenfabrik. Johnny soll die Fabrik später übernehmen, aber er hat keine Lust dazu.
Er will mal Rockstar werden.
Er wird die Sau rauslassen und den rechten Spießern eins auswischen.
Er wird eine Menge Bräute und einen roten Cadillac haben.
Wenn *I am sailing* kam, spulte Lena die Kassette mindestens fünfmal zurück, um das Lied immer wieder zu hören.
Sie sang dazu. Sie ließ ihre Haare vors Gesicht fallen und tanzte auf der Terrasse.
To be free, sang sie.
Sie trug eine Jeans mit einer breiten aufgenähten Borte. Auf die Oberschenkel der Jeans hatte sie mit Kugelschreiber das Peace-Zeichen gemalt. Sie hatte ein Schnupftuch als schmalen Streifen um den Hals geknotet, den Knoten zur Seite geschoben.
Franziska trug eine großgemusterte Krawatte des Vaters zu einem hellblauen *adidas*-T-Shirt. Darüber hatte sie eine grobgestrickte Jacke gezogen, die ihr bis zu den Oberschenkeln reichte. Ihre Schlaghose war bunt gestreift. Sie lutschte Minzdrops, die langsam ihren Gaumen wund rieben.

Erzähl mal, sagte Lena und zog Franziska das Romanheft mit dem Titel *Zwischen Hoffen und Bangen* weg. Hast du denn jetzt endlich schon getan, was man in deinem Alter längst getan haben sollte? Sie drückte einen feuchten Kuß auf ihren Handrücken.
Du nervst, sagte Franziska.
Spiel dich nur auf, du eingebildete Heilige, sagte Lena.
Franziska drehte sich von ihrer Schwester weg.
Auf einer Geburtstagsparty, es war der vierzehnte Geburtstag von irgend jemandem gewesen, die Rolläden im Kinderzimmer waren am Nachmittag heruntergelassen, damit ein schummeriges Halbdunkel entstand, auf den Tischen hatten Chips und Erdnußflips gestanden, die Mutter des Mädchens hatte eine alkoholfreie Bowle gemacht und war dann zu einer Nachbarin Kaffeetrinken gegangen, hatte sie mit Karl in einer Ecke gesessen, in einer Art Matratzenhöhle, während die anderen zu *Angie* schwoften.
Beim Schwofen legten die Mädchen den Jungs die Hände auf die Schultern, und diese legten ihre Hände auf die Hüften der Mädchen. Dauerte das Lied lange genug, wurde die federleichte Berührung zu einer Umschlingung und Umklammerung, und pfeifende Atemzüge wehten einem ins Ohr.
Und plötzlich saß man in einer lichtscheuen Ecke.
Franziska und Karl waren eng zusammengerückt, sie legten ihre Köpfe aneinander. Sie schoben sich noch näher aneinander. Sie saßen still und atmeten kaum bei diesen leichten Berührungen. Wie Tiere, die sich aneinanderkauerten, hockten sie in ihrer Matratzengrotte. Franziska vergrub ihre Nase in Karls Pullover. Er roch so gut, nach einem kräftigen Gewürz. Sie saßen nicht

hier, sondern an einem Ort, den es nicht gab. Das war ein Traum, eine Einbildung, sie fielen aus der Welt heraus.

Das Licht, das schräg durch die Ritzen der Rolläden fiel, kam nicht von der Sonne, die draußen, an diesem Nachmittag, schien, es kam aus einer anderen, unwirklicheren Quelle.

Bald müßte man aufstehen und gehen.

Bloß wohin. Und wie. Wie sollte man wieder anfangen zu reden. Mit welchen Worten. Und welcher Stimme.

Jemand stolperte und stieß gegen den Schallplattenspieler.

Jemand fluchte. Ein anderer kicherte. Das Licht wurde angemacht.

Auf dem Tisch lagen verstreut die Erdnußflips und Chips in Pfützen aus Bowle und Cola. Ein Rinnsal lief vom Tisch auf den Boden und sickerte in den Teppich.

Die Gesichter sahen käsig aus; Augen blinzelten ins ungewohnte Licht. Die Hände waren klebrig. Die Kleidung fühlte sich zu eng an, paßte nicht auf den Körper, der auch falsch gewachsen war. Er war gleichzeitig zu viel und zu wenig. Es war unbequem in der Matratzenhöhle. Die Wirklichkeit war so grell ausgeleuchtet und kaum zu ertragen.

Seht mal, das Liebespaar.

Ein anderes Wort fiel, das Franziska nicht verstand. Ein Lachen kam hinterher.

Gab es nicht die Möglichkeit, die Dinge in der Schwebe zu halten, so daß man nicht von ihnen in Besitz genommen wurde, in einer Umklammerung, die einem die Luft nahm?

Franziska, auf der Terrasse des Wochenendhauses,

schleuderte ihr Romanheft auf den Boden und ging in den Keller. Lena saß auf ihrem Stuhl, sang halblaut vor sich hin und fingerte an der Borte ihrer Jeans herum, von der ein paar Fäden herabhingen.
Franziska scheuchte im Keller die Mäuse auf, die seit kurzem in der Schublade eines alten Tischs wohnten. Kreuz und quer liefen die kleinen Tiere durch den Raum und versuchten zu entkommen. Franziska hatte einen Stock in den erhobenen Händen, mit dem sie nach den Mäusen schlug. Sie holte weit aus und ließ den Stock heruntersausen. Je öfter sie danebentraf, desto wilder schlug sie zu. Endlich erwischte sie eine Maus, die schließlich in der Mitte des Raumes liegenblieb, regungslos, aber noch atmend. Franziska schwitzte. Sie setzte den Stock auf den weichen Mäusekörper und drückte zu, erst leicht, dann fester, bis sie ein feines Knacken spürte. Die Maus erschlaffte. Franziska schob den kleinen Leichnam auf eine Kehrschaufel und warf ihn draußen ins Gebüsch. Auf dem Kellerboden war eine dünne Blutspur zurückgeblieben, die sie mit ihrer Schuhsohle verwischte.
Dann nahm sie mit der Schaufel die nackten blinden rosa Mäusekinder aus ihrem Nest und warf sie in einen mit Wasser gefüllten Eimer, wo sie eine Weile zappelten und dann untergingen.
Lena war jetzt mit ihrem Kassettenrekorder ins Innere des Hauses umgezogen.
Es hatte schon angefangen zu dämmern.
Franziska schaltete das Deckenlicht aus, drehte die Lautstärke des Kassettenrekorders auf und begann mit ihrer Schwester zu tanzen. Sie schüttelte ihre Gliedmaßen, sie wollte das Knacken aus ihnen herausschüt-

teln, das Knacken des kleinen Rückrats, ein haarfeines Geräusch. Lena faßte ihre Schwester um die Hüften, schloß die Augen und wiegte sich mit ihr zur Musik.
Franziska wachte in der Nacht auf, sie hatte sich im Schlaf eng an Lena geschmiegt, ihr Mund ruhte an Lenas nackter Schulter, und Lenas Beine hatten sich mit den ihren verhakt.

Franziska und Karl saßen auf der Lehne einer Parkbank nebeneinander.
Parkbänke waren Orte, auf denen man tat, was zu tun war, damit man nachher sagen konnte, daß man es getan hatte.
Wenn ein Junge und ein Mädchen auf einer Parkbank saßen, dann zu diesem einen und einzigen Zweck.
Es kamen Leute vorüber. Männer mit Aktentaschen und verkniffenen Gesichtern, Frauen mit Einkaufstaschen und herabhängenden Mundwinkeln. Abwesende, unzufriedene Blicke streiften Franziska und Karl, wie sie so nebeneinander auf der Lehne der Parkbank saßen, die Unterarme auf den Oberschenkeln.
Ein Hund kackte direkt vor ihnen auf den Rasen.
Karl gähnte und schien über irgend etwas nachzudenken.
Franziska drehte einen Stein zwischen den Fingern.
Sie hatte komplizierte Gedanken.
Wie kam es eigentlich, dachte sie, daß alle da steckenblieben, wo sie nicht glücklich waren? Die Menschen hatten einen freien Willen, und doch taten sie nicht, was sie tun wollten.
Was hielt einen eigentlich an Dingen und Personen fest, die man angefangen hatte zu hassen?

Gab es ein Leben, wo man am Morgen aufstand und am Abend ins Bett ging, und dazwischen tat man, was man tun wollte?
Franziska warf den Stein, so weit es ging. Karl pfiff leise vor sich hin.
Es gab etwas, was das Leben der meisten Menschen langsam vergiftete, aber wo fing es an, vielleicht schon hier und jetzt.
Ich muß dir etwas sagen, sagte Karl.
Ich glaube, ich bin nicht, was die anderen denken, und ich weiß selber nicht einmal, was ich bin.
Ich möchte, sagte Karl, einmal eine ganz fremde Sprache lernen. Vielleicht komme ich so zu etwas hin, was ich mir jetzt noch gar nicht vorstellen kann.
Aber ich möchte nie irgendwo ankommen, fuhr er fort. Ich möchte nie die Tür hinter mir zumachen und sagen, endlich zu Hause.
Warum wachsen Menschen nicht auf Bäumen oder in irgendwelchen Tümpeln, fragte er. Wieso hat man Eltern, die einen nicht sehen können, ohne an sich selber zu denken und an alles, was sie selber versäumt haben.
Ich möchte leben, als wäre mein Leben ein Traum.
Vielleicht sagte er all das gar nicht. Vielleicht dachte Franziska nur, daß er das alles so gesagt haben könnte, oder so ähnlich. Sie wußte es nicht mehr. Denn ein paar Stunden später erfuhr sie, dass Karl auf dem Weg nach Hause von einem Lastwagen überrollt worden war.
Er war nicht sofort tot gewesen.
Aber es war besser für ihn, daß er tot war. Was wäre das für ein Leben gewesen, sagte Franziskas Mutter.
Kurz vorher hatte Franziska Karl auf der Parkbank zurückgelassen. Ich muß allein sein, hatte sie zu ihm gesagt.

Sie mußte nachdenken.

Das Alleinsein war ein Zustand, in dem man sich selber auf eine andere Weise nahe war. Man wurde nicht in etwas hineingezwungen. Manchmal wurde die Welt größer, wenn man alleine in ihr herumging, Hände in den Hosentaschen.

Bis morgen, sagte Franziska zu Karl.

Dieses weite Gefühl in ihr, eine Freude wie irr, daß sie einen Luftsprung hätte machen können. Sie kickte Steine vor sich her. Sie konnte in jede Richtung gehen. Zur Eisenbahnbrücke. Oder zum Rehleinbrunnen. Sie konnte alle Hinterhöfe abklappern.

Wenn sie so allein war, kam hin und wieder Franz zurück. Er schwang sich aufs Fahrrad und fuhr bis zur Zuckerfabrik. Er kletterte über den Zaun eines verwilderten Grundstücks und stieg auf einen Holzstapel. Er zog einen Bleistiftstummel aus der Hosentasche und schrieb auf den kleinen Spiralblock, den er jetzt immer bei sich trug:

So sein wie ich bin. Ein böses Pferd.

Wenn sie ganz und gar allein war, entstanden Gedanken und Gefühle in ihr, die nur ihr gehörten.

Zu Hause war ausnahmsweise keiner. Franziska schloß die Rolläden im Kinderzimmer und machte das Licht aus. Sie setzte sich ans Klavier und haute in die Tasten.

Alles war möglich.

Alles?

Sogar das, was sie noch nicht denken konnte.

Das Telefon klingelte. Karl lag mit einem zerquetschten Schädel im Krankenhaus. Eine Stimme sagte es und duldete keinen Widerspruch.

Und dann war der Boden aus Watte.

Erst als Karl tot war, erfuhr sie, wie ihn die Jungs in der Schule immer genannt hatten: Schwuchtel.

Am Abend lief der Fernseher im Wohnzimmer. Der Vater saß auf seinem Sessel und hatte die Fernbedienung auf der Armlehne liegen. Ab und zu holte er eine neue Flasche Bier. Die Mutter saß auf dem Sofa. Die Augen fielen ihr zu, mühsam öffnete sie sie nach einer Weile wieder, dann fielen die Augenlider wieder nach unten.
Ihr Gesicht sackte im Halbschlaf zusammen wie ein Ballon, aus dem man die Luft gelassen hatte.
Die Eltern brüteten im geschlossenen Wohnzimmer. Sie brüteten etwas aus, während die Nachtkleider zum Aufwärmen auf dem Heizkörper lagen: der Schlafanzug des Vaters, das Nachthemd der Mutter.
Was brüteten sie aus: ein faules Ei?
Eine Bierkugel wuchs dem Vater aus der Mitte seines Leibes.
Der oberste Hosenknopf mußte am Abend geöffnet werden.
Das Hemd klaffte über dem Bauch.
Irgendwann würde der Vater das Zeichen geben, und dann würden die Eltern sich zum Schlafengehen fertigmachen.
Wenn der Fernseher ausgeschaltet war, schrumpften die Wände des Zimmers um einen, und man mußte sich beeilen hinauszukommen.
Das Ei drohte zu platzen.
Sie würden unter ihre Bettenhügel schlüpfen, in ihr Daunengrab, ein jeder würde seine Nachttischlampe auslöschen, sie würden einem neuen Tag entgegenschlafen.
Im überheizten Wohnzimmer tickte die Uhr.

Anna und Franziska saßen vor dem Fernseher im Wohnzimmer von Annas Eltern und schauten sich einen Western an.
Sie saßen nebeneinander auf dem Sofa und hatten eine karierte Wolldecke bis unters Kinn gezogen.
Sie tranken ab und zu Mezzomix aus großen Bechern mit Spiraltrinkhalmen. Sie hatten eine Dose Tomatenfisch geöffnet, die halb leer gegessen auf einer Fernsehzeitschrift stand, neben einer Packung Kräcker.
Im Fernseher ritt ein einsamer Cowboy auf eine Stadt zu.
Anna ließ ihren Kopf auf Franziskas Schulter sinken.
Bleib hier, sagte Anna, rutsch nicht wieder weg. Immer rutschst du weg. Hab ich die Pest oder was. Bin ich deine Freundin oder bin ich ein Ungeheuer.
Franziska sagte nichts, sie saß aufrecht da. Sie wagte es nicht, den Arm nach ihrem Mezzomix auszustrecken. Sie bekam einen Krampf in der Schulter. Annas Haar kitzelte sie.
Weißt du, was komisch ist, sagte Anna.
Würde Franziska jetzt versuchen etwas zu sagen, würde kein Ton aus ihrem Hals kommen. Spucke sammelte sich in ihrer Kehle, sie floß beinahe über, aber sie wagte nicht, sie hinunterzuschlucken.
Sie konzentrierte sich auf den Cowboy auf dem Bildschirm, der jetzt mit einem Fußtritt die Türen eines Saloons aufstieß, worauf das Gelächter mit einem Mal verstummte.
Der Cowboy bestellte mit heiserer Stimme einen Whisky.
Der Schurke versuchte durch einen Hinterausgang zu fliehen.

Ein Pistolenschuß zersplitterte das Holz des Türrahmens neben seinem Kopf.

Ein Tumult entstand. Frauen rafften ihre Röcke und flohen die Treppe hinauf.

Franziska hatte großen Durst und wollte Annas Körper, der so schwer und warm an ihr hing, abschütteln, sie wollte sie weit von sich wegschleudern und dann aufstehen und gehen.

In der kühlen Nacht wäre sie gern ganz allein auf der Straße. Sie würde laufen, beim Atmen würde sie kleine weiße Wolken ausstoßen. Sie würde laufen, bis sie im Wald wäre. Sie würde sich auf den Rücken legen und den Mond betrachten, wie er durch die Blätter schien. Sie würde ein Lagerfeuer machen und mit einem Stecken darin stochern.

So wie sie es in Filmen unzählige Male gesehen hatte.

Aber alles war immer ganz anders als in den Filmen. Und doch hing alles irgendwie mit den Filmen zusammen, die sie gesehen hatte. Weil ihr Leben selbst ein Film war, den sie betrachtete.

Der Schurke wurde vom Sheriff abgeführt. Der Held blickte unbewegt in sein Whiskyglas.

Ich muß aufs Klo, sagte Franziska und warf die Wolldecke von sich. Sie mußte wirklich, sie pinkelte lange und laut, es strömte warm und wohltuend aus ihr in die Kloschüssel.

Als sie zurückkam, saß Anna mit angezogenen Knien auf dem Sofa und saugte versunken an ihrem Trinkhalm. Das Mezzomix kletterte durch die durchsichtige Spirale nach oben und landete in Annas Mund. Franziska ließ sich auf dem Boden nieder und lehnte ihren Nacken gegen die Sitzfläche des Ledersofas.

Was, fragte sie, ist komisch.
Hm?, machte Anna und kratzte mit der Gabel den letzten Rest Tomatenfisch aus der Dose.
Der Cowboy streckte sich mit den Kleidern auf einem Bett aus.
Er verschränkte die Arme hinter dem Kopf und blickte gleichmütig in eine unbestimmte Ferne.
Eine Frau steckte ihren Kopf zur Tür herein und lächelte.
Anna schaute interessiert zu.
Der Cowboy lächelte auch. Er zog langsam seine Stiefel aus und ließ sie auf den Boden fallen.
Als Anna die Dose auf dem Tisch abstellte, wischte eine ihrer Haarsträhnen über Franziskas Gesicht. Sie roch nach Fisch.
Franziska starrte auf ihre Hände.
Der Cowboy war sie.
Und Anna stand vor ihr, legte den Kopf schief und ließ langsam den Rüschenträger ihres Kleids über die Schulter herunterrutschen.
Aber Franziska war trotzdem nach Heulen zumute.
Sie machte die Augen wieder auf und sah den Cowboy über die Prärie reiten.
Irgendwo mußte es einen Spalt geben. Und wenn es einem gelang, diesen zu öffnen, dann konnte man hinausgelangen und war endlich frei.
Da fühlte sie Annas Hand in ihrem Haar, zart und ängstlich zugleich. Franziska schüttelte etwas unwillig den Kopf.
Schon war die Hand wieder verschwunden.
Wahrscheinlich war es sowieso Einbildung gewesen.

Die ganze Welt versuchte Franziska beizubringen, was eine Frau war und was ein Mann. Jedenfalls kam es ihr manchmal so vor.
Könnt ihr euren Schwachsinn nicht für euch behalten, fragte Franziska.
Ich will damit nichts zu tun haben.
Ich habe damit nichts zu tun.
Eine Frau darf nie zu gescheit sein, weil kein Mann eine Frau lieben kann, die gescheiter ist als er.
Denn die Frau sieht gern zum Manne auf, und der Mann sieht gern zum Weibe herab, und dann trägt er sie auf seinen Händen.
Deshalb sucht sich auch ein jeder Mann eine Frau, die kleiner ist als er.
Das ist das Geheimnis der Liebe zwischen Mann und Frau.
All das ist belegt in vielen Schriften.
Es ist halt so.
Der Mann ist die Krone der Schöpfung. Er pinkelt seinen Namen in den Schnee.
Hast du keinen Humor. Na hör mal. Verstehst du nicht, daß das ein Witz ist. Hör zu:
Die Frau ist dämlich.
Sie ist die Schlange, die daheim im Staube kriecht. Sie hockt sich zwischen Büsche, ein Rinnsaal verläßt ihren Körper auf unklarem Weg.
Wenn alles an seinem Platz ist, dann ist alles gut.
Weiblichkeit ist eine schöne Zier für eine Frau, die dem Mann zur Seite steht. Sie ist gesegnet mit häuslichen Instinkten. Ihr größtes Talent ist die Liebe zum Mann. Sie kann das Kleine ordnen und die Welt nach innen zusammenhalten.

Kommt eine Frau einem Mann in die Quere, dann geht sie ihm besser aus dem Weg, und schon hält er ihr die Tür auf und hilft ihr in den Mantel.
Eine Frau, die die Tür selbst aufmacht und ihren Mantel selbst anzieht, ist eine Zicke. Sie führt wahrscheinlich auch beim Tanz und tritt dem Mann auf die Zehen.
Das ist schlecht für den Lauf der Welt und wirft die Menschheit in ihrer Entwicklung gleich zurück.
Klar, die Zeiten haben sich geändert, wenn auch nicht unbedingt zum Besseren.
Und einige Dinge sind unumstößlich, weil sie von der Natur bestimmt werden.
Im Prinzip können Frauen alles recht gut, aber es fehlt ihnen das Tüpfelchen auf dem *i*.
Sollen sie erst mal beweisen, daß sie an die Männer heranreichen, die die Welt mit ihrer Intelligenz dahin geführt haben, wo wir jetzt stehen.
Vor allem darf eine Frau niemals, hörst du, niemals, in irgend etwas besser sein als der Mann, der ihr etwas bedeutet.
Eine richtige Frau breitet sich nicht allzusehr aus. Sie glänzt am schönsten, wenn sie sich im Hintergrund hält.
Die Frau weiß aber gar nicht, wie gut sie es hat: Im Kriegsfall darf sie überleben und wird höchstens vergewaltigt.
Das alles hat doch immer gut funktioniert: Wieso sollte denn auf einmal damit Schluß sein?

Eine Frau zupfte die Fussel vom Pullover ihres Mannes.
Sie achtete darauf, daß seine Krawatte zum Hemd paßte.
Sie kaufte im Kaufhaus seine Unterhosen.
Ein Mann pinkelte auf die Klobrille.

Aber seine Frau machte die Klobrille wieder sauber.
Frauen hatten abspülflinke Hände und Augen, die den Schmutz sahen.
Daß ihr Vater im Haushalt mithalf, war eine Besonderheit, begriff Franziska.
Aber selbst er sagte: Es gibt Dinge, die kann ein Mann nicht machen. Fensterputzen zum Beispiel.
Warum nicht.
Das ist schwer zu erklären, es hat etwas mit Würde zu tun. Wie sieht das aus, in den Augen der anderen, die auf der Straße vorbeikommen.
Aber die Fensterputzer.
Es ist etwas anderes, weil sie Geld für ihre Arbeit kriegen.
Das klang so ruhig, so selbstverständlich. Daran war nicht zu rütteln.
Weil gewisse Dinge unter der Würde des Mannes waren, blieb für die Frau nichts anderes übrig, als sich ihnen zu widmen.
Es war etwas Seltsames mit der Würde des Mannes, die nicht verletzt werden durfte:
Der Mann ging voraus, wenn die Familie ein Restaurant betrat.
Wenn sich jemand nicht daran hielt, dann hing der Familiensegen schief.
Er bat um die Rechnung und zückte den Geldbeutel.
Die Würde der Frau konnte nicht so schnell verletzt werden, es gab nicht so viel davon. Aber ihr Ruf.
Was ist eigentlich schlecht an den Huren?
Sie verkaufen ihren Körper, ganz ohne Liebe.
Es ist viel besser, seinen Körper im Ehebett herzuschenken, an müde Liebkosungen.

Das nimmst du zurück, sag, daß du das jetzt zurücknimmst!
Die Frau mußte lernen, daß das letzte Wort in den wichtigen Dingen der Mann hatte.
Sie durfte bei den Wahlen ein Kreuz auf dem Stimmzettel machen. Das war in Ordnung, solange sie das Kreuz an derselben Stelle machte wie ihr Mann.
Woher wollte eine Frau auch die komplizierten Zusammenhänge begreifen. In der Zeitung las sie nur die Todesanzeigen und die standesamtlichen Nachrichten, während ihr Mann die ersten Zeitungsseiten las und eine Ahnung hatte davon, was die Welt zusammenhielt.
Eine Frau, die die Regeln des Frauseins nicht begriff, schaute dumm aus der Wäsche und konnte schauen, wo sie blieb.
Sie würde schon begreifen, wer am längeren Hebel saß.
Wahrscheinlich litt sie sowieso an einer Art Krankheit, die man besser behandeln lassen sollte.
Weil die Frau von Natur aus nachgiebig war, mußte sie Nachsicht mit dem Mann üben.
Sie mußte ihm die Entscheidungen überlassen, jedenfalls nach außen hin.
Verzicht veredelt das Herz.

Im Sommer fuhr die Familie an die italienische Adria.
Franziska trug ihren glänzend blauen Wettkampfbadeanzug. Sie hatte im Hotel ein rotes Frotteekleid darübergezogen. Sie ließ das Kleid auf ihren Liegestuhl fallen und lief ins Wasser.
Die Mutter lag auf dem Bauch in der Sonne, einen Sonnenhut über den Kopf gelegt.
Der Vater spielte mit ein paar Männern ihrer Reisegruppe Boccia.

Steffen ließ sich gerade von anderen Kindern in den Sand eingraben, bis nur noch der Kopf herausschaute.

Lena war zu Hause in Deutschland geblieben, um zu lernen.

Vor dem Abendessen ging Franziska in ihrem Zimmer unter die Dusche, um das Salzwasser abzubrausen.

Sie stellte sich vor, daß jemand in der Badezimmertür stand und ihr zusah: Es war der dicke grauhaarige Mann, der sie die letzten Tage am Strand ständig beobachtet hatte.

Den ganzen Tag saß er in seinem Liegestuhl und schaute. Er hatte eine Baseballkappe auf dem Kopf, und neben ihm saß seine rundliche Frau unter dem Sonnenschirm und strickte eine rosa Jacke.

Was Franziska auch machte: Sie konnte sich sicher sein, daß er ihr mit seinen Blicken folgte. Lag sie in ihrem Liegestuhl, dann wandte er seinen Kopf so, daß er sie sehen konnte. Sie betrachtete ihn zwischen ihren zitternden Wimpern hindurch.

Wenn sie die Augen öffnete, drehte er den Kopf in eine andere Richtung.

Jetzt stand sie in der Dusche des Hotelzimmers und gab eine Vorstellung vor einem eingebildeten Publikum.

Ihre Brüste waren kalt. Im Gesicht brannte die Haut. Sie schleckte ihre Arme ab, die noch nach Salz schmeckten.

Sie ließ das heiße Wasser über ihren Kopf laufen und hielt die Augen geschlossen, fuhr mit den Fingerspitzen von ihrem Hals hinab über ihren Oberkörper.

Sie nahm den Duschkopf ab und führte ihn dicht über ihre Haut, dann trocknete sie sich mit langsamen Bewegungen ab.

Sie zog ihr T-Shirt über.

Die ganze Zeit betrachtete sie sich im Spiegel.
Sie hatte ein kaltes Lächeln aufgesetzt.
Es galt dem dicken grauhaarigen Mann.
Eines Abends, Franziska war allein vom Strand zurück ins Hotel gekommen, hatte der Mann mit seiner Frau vor dem Aufzug gestanden, die Badetasche über den Unterarm gehängt. Franziskas Ellbogen hatte beim Betreten des Aufzugs den Bauch des Mannes berührt. Sie bemerkte, daß sie den Mann um einen Kopf überragte. Seine Frau hatte ein paar Worte gesagt. Es werde bald regnen. Der Mann hatte dazu genickt. Er hatte sich viel zu laut geräuspert.
Wenn man im Urlaub ist, weiß man wieder, wie schön man es zu Hause hat, hatte die Frau gesagt. Sie hatte es zu niemandem gesagt, zu den Knöpfen des Aufzugs hatte sie es gesagt.
Ich freu mich schon wieder auf mein Honigbrot zum Frühstück, hatte sie trotzig hinzugefügt, mit dick Butter drauf.
Franziska hatte dem Mann ein feines Lächeln geschenkt, bevor sie ausgestiegen und langsam den Flur entlang gegangen, nein geschritten war. Sie hatte das Gefühl gehabt, daß er hinter ihr in der offenen Aufzugstür stand und ihr nachblickte, die Augen voll mit ungelebtem Leben.
Nach dem Duschen lag Franziska auf ihrem Bett, den Kassettenrekorder auf ihrem Bauch, damit die Musik in ihren Körper drang.
Es gingen Wellen durch sie hindurch, kleine Schauer.
Sie war sich fast sicher, daß es bald an der Tür klopfen würde.
Sie würde öffnen, und der Mann würde davor stehen.

Und dann?
Sie würde ihn wegschicken, mit einem überheblichen Lächeln, sie würde ihm befehlen zu verschwinden. Mit einem Fußtritt würde sie ihn hinausbefördern. Er solle marschmarsch schauen, daß er wegkomme. Er solle dahin gehen, wo der Pfeffer wächst. Sie Ekel, Widerling, Sie Fettwanst. Was bilden Sie sich eigentlich ein.
Er würde es schon nicht machen, es war zum Glück nicht auszudenken.
Sie konnte sich alles Mögliche ausdenken, aber es würde nicht passieren.
Er war armselig. Es machte ihr Spaß, ihn zu quälen.
Sie würde es nicht quälen nennen. Er war selber schuld.
Sie ging den ganzen Tag unnahbar und unerträglich schön vor seinen Augen herum. Sie führte ihm die Erbärmlichkeit seines Lebens vors Gesicht.
Franziska fühlte Genugtuung bei dem Gedanken, wie es jetzt in diesem Mann rumorte und stach. Jede Sekunde neben seiner Frau war eine Qual für ihn.
Sie hatte die Macht, ihn dazu zu bringen, daß er sein Leben verabscheute. Wie ein Hund würde er hinter ihr herhecheln.
Eine solche Macht hatte sie, wenn sie mit ihrem blauen Schwimmanzug ins Wasser rannte.
Sie drehte die Musik lauter. Es war die *Eroica* von Beethoven.
Ihre Brustspitzen richteten sich auf, berührten den Stoff des T-Shirts.
Sie stand auf und lief die Treppe hinunter, um noch einmal an den jetzt menschenleeren Strand zu gehen, sie hatte ihren kleinen Schreibblock in der Hosentasche.
Ihre Eltern saßen im Hotelrestaurant und spielten Karten.

Noch eine Batallione, rief einer der Männer der Reisegruppe unter dem lauten Lachen der anderen zur Theke hin und schwenkte eine leere Rotweinflasche.
Franziska setzte sich in den noch warmen Sand, im milden Lichtschein der Promenadenbeleuchtung, und merkte erst nicht, daß eine Gestalt sich von hinten näherte.
Was machst du denn hier, so ganz allein am Strand, so weit weg von anderen Menschen, das ist doch nicht gut für ein junges Mädchen, so allein zu sein, und das um diese Tageszeit, hast du denn keine Angst?
Wovor soll ich denn Angst haben?
Na vor mir zum Beispiel. Hast du denn keine Angst vor mir?
Nein warte, du brauchst keine Angst zu haben, vor mir brauchst du dich wirklich nicht zu fürchten, ich tu dir nichts.
Aber es könnte doch einer kommen, so wie ich, wer weiß, was dir hier passieren könnte, nicht alle sind so ungefährlich wie ich.
Wie heißt du denn, wo kommst du her?
Und hast du denn keinen Verehrer, du mußt doch einen Verehrer haben, so hübsch wie du bist. Was schreibst du denn da, wird das ein Liebesbrief, und wer ist der Glückliche.
Was schaust du denn so grimmig, darf man denn nichts Nettes zu dir sagen, man könnte ja glauben, du wolltest mich umbringen mit deinem bösen Blick.
Glaub mir, es steht dir viel besser, wenn du ein wenig lächelst. Und weniger Falten macht es auch.
Und was trägst du unter deinem T-Shirt, hast du etwas an unter dem T-Shirt, oder hast du vielleicht gar nichts darunter an.

He, du brauchst nicht zu erschrecken, ich tu dir doch nichts, was bist du für eine Mimose, stell dich doch nicht so an.

Was bildest du dir eigentlich ein. Wie du hier herumsitzt, da brauchst du dich doch nicht zu wundern, erst heiß machen und dann abblitzen lassen, gefällt dir das, ja, macht dich das zufrieden.

Hau nur ab, bevor ich andere Saiten aufziehe, ich kann auch anders, wenn man mich reizt, dann vergeß ich mich nämlich, und gnade dir, wenn ich mich vergesse, du Schlampe, verschwinde nur, hörst du, geh doch zum Teufel.

Er drehte ihr den Rücken zu und ging mit erhobenem Kopf, ein alternder Mann in Sommershorts, mit wulstig rotem Nacken.

Er kam nicht weit. Er knickte in der Körpermitte ein und landete im Sand. Etwas hatte ihn getroffen, ein gut gezielter Schlag, ein Fußtritt, ein Schwinger. Er krümmte sich und bekam keine Luft. In den weit aufgerissenen Mund rieselte Sand aus einer geöffneten Faust, bis er anfing zu husten und zu spucken, nach Luft zu ringen. Zwei schmale weiße Hände rieben Sand in seine Augen, und vergeblich versuchte er, sie abzuwehren, mit hilflosen Bewegungen seines Kopfes. Es schaute nämlich nur noch sein Kopf aus dem Sand heraus, der Rest war eingebuddelt, senkrecht, die Füße nach unten, die Arme eng an den Körper gelegt. Er japste, flehte um Erbarmen, heulte und rotzte. Aber vergeblich, weil keiner ihn hören konnte.

Franziska blieb eine Weile über ihrem geöffneten Schreibblock sitzen. Dann ging sie zum Hotel und fuhr mit dem Aufzug nach oben. Sie hielt sich schon im Flur an der Wand fest.

Als sie die Zimmertür öffnete, kam es in einem Schwall nach oben.
Sie kotzte in den Abfalleimer.
Dann öffnete sie das Fenster, um frische Luft zu atmen.
Sie hängte ihren Oberkörper hinaus und mußte schon wieder kotzen. Sie hörte, wie die Kotze im Hof auf den Boden klatschte. An der Hotelfassade entlang zog sich ein dunkler, feuchter Streifen.
Sie schaute sich im Spiegel an, im grellen Licht der Badezimmerleuchte. Schweißperlen lagen auf ihrer Oberlippe. Ihr Gesicht war weiß unter der Sonnenbräune.
Sie konnte sich gerade noch über die Kloschüssel werfen.
Sie kotzte, bis nur noch grüner Schleim kam.
Das ganze Hotel bebte von ihren Krämpfen.
Dann hockte sie sich auf den Boden, sie lehnte ihre Wange an die Kacheln.
Sie saß sehr lange so da.

Seid nicht so dumm wie ich, sagte die Mutter zu ihren Töchtern. Das kann ich schon sehen, daß ihr nicht so dumm seid wie eure Mutter.
Dann wieder sagte sie: Haltet ihr mich für dumm?
Ihr bildet euch wohl ein, ihr wißt alles besser. Ihr meint wohl, weil ihr aufs Gymnasium geht, seid ihr etwas Besseres.
Lernt ihr denn gar nichts fürs Leben auf dieser Schule, fragte sie. Bringt man euch nur bei, alles in den Dreck zu ziehen?
Ihr werdet euch noch wundern, sagte sie.
Habt ihr eigentlich kein Herz, fragte sie.
Reden könnt ihr wie gedruckt, aber das macht euch auch nicht zu besseren Menschen.

Wartet mal zehn Jahre, und ihr werdet sehen, daß eure Mutter recht gehabt hat.
Schreit mich nicht so an, schrie sie. Haut doch ab, geht, bitteschön, ich bin froh, wenn ich euch nicht mehr sehen muß.
Ihr wißt ja nicht mehr, was sich gehört.
Ihr habt von Anfang an viel zu viel Freiheit gehabt, sagte sie, und das ist dabei herausgekommen.

Meine Töchter sind nicht so dumm wie ich, sagte sie, wenn Besuch zu Hause war. Die lassen sich nichts sagen. Die haben ihren eigenen Kopf.
Wenn ich noch einmal von vorne anfangen könnte, sagte sie, dann würde ich vieles anders machen.
Du mußt lernen, dich anzupassen, sagte sie später zu Franziska. Du kannst dich nicht anpassen, alles muß sich nach dir drehen, ich verspreche dir, daß du damit auf die Nase fällst.
Ich halte das nicht mehr aus, sagte sie, die machen mich fix und fertig. Die bringen mich zwanzig Jahre früher ins Grab. Die sind der Nagel zu meinem Sarg. Ich werde vorzeitig grau vor Ärger.
Sag du doch etwas, sagte sie zum Vater.
Ihr wißt wirklich nicht, wie gut ihr es habt, sagte sie.
Die Damen müssen den Finger nicht krumm machen, sie müssen nur ihr zartes Hirn in Watte betten, sie müssen nur mit Tinte schlaue Dinge auf Papier schreiben.
Man kann sagen, was man will, sagte sie, aber mir hat es nicht geschadet, mit Zucht und Ordnung aufzuwachsen.
Ich weiß schon, daß ich blöd bin, schrie sie. Wäre ich weniger blöd, dann hätte ich nie geheiratet und Kinder bekommen.

Ihr fragt mich auch nie, ob ich das, was ich tue, gern tue.
Die Mutter wußte nicht genau, woher diese Stimme kam, die nun immer öfter aus ihr nach außen drang. Sie mochte diese Stimme selber nicht, eine schneidende Stimme, die, hatte sie einmal angefangen, aus ihr zu sprechen, sich nicht wieder zurückdrängen ließ.
Was sie eigentlich sagen wollte, dafur fehlten der Mutter die richtigen Worte, also griff sie nach Worten, die auf der Zunge bereitlagen, ätzend und bitter.
Satz für Satz fiel aus der Mutter und landete auf unfruchtbarem Boden.
Ihr würdet dumm aus der Wäsche schauen, wenn ich alles stehen- und liegenlassen würde, wenn ich euch mit eurem Saustall allein lassen würde.
Ihr hättet wohl lieber eine Mutter, die sich einen Dreck um euch kümmert und sich in der Weltgeschichte herumtreibt.
Stimmt, sagte Franziska und knallte die Tür zu.

Wozu braucht man die Männer.
Ehrlich gesagt zu nicht viel, lachten Tante, Mutter, Oma und die Kusine der Oma in den Zigarettenqualm hinein, als sie wieder einmal zusammensaßen und warmen Leberkäse mit Holzgabeln direkt aus dem Papier aßen.
Es war ihre billige Rache, die Rache der Benachteiligten, hier am Küchentisch.
Sie rächten sich dafür, daß sie nicht mehr wegkonnten.
In dieses Schlamassel hatten sie sich selber hineingeritten und wollten jetzt andere hinter sich herzerren.
Sie kochten sich starken Kaffee und aßen Nußhörnchen dazu.
Männer sind Jammerlappen. Sie halten nichts aus.

Die Frauen konnten vor Lachen nicht mehr weiterreden. Nur gut, daß sie den ganzen Tag weg sind, weil sie einem nur am Rockzipfel hängen, schlimmer noch als jedes Kind.

Eines Tages, auf dem Weg zum Schwimmbad, war Franziska an einer Kirche vorbeigekommen.
Sie hatte die schweren Türen geöffnet. Als sie auf der Kirchenbank saß und die Gestalt des gekreuzigten Jesus betrachtete, die im Altarraum hing, war es ihr plötzlich, als würde sich der Ausweg direkt hier, vor ihren Augen befinden.
Sie starrte auf den ausgemergelten Körper, auf den nach vorne gesunkenen Kopf mit der ins Haar gedrückten Dornenkrone, auf die durchbohrten blutigen Handflächen, als hätte sie all das vorher nie gesehen.
Sie mußte ihr Leben ändern.
Mußt du alles übertreiben, sagte die Mutter wieder mal, die nur die Kreuze sah, die plötzlich die Wand über Franziskas Schreibtisch bedeckten. Ins Innere von Franziskas Kopf kam sie nämlich nicht hinein. Und wäre sie hineingekommen, dann hätte sie es dort nicht lange ausgehalten.
Lena ging jetzt auf politische Versammlungen und Demonstrationen. Sie verteilte Flugblätter vor der Schule, gegen die versteinerten Verhältnisse. Sie sang Kampflieder ins Megaphon. Sie sammelte Unterschriften für irgendwelche politischen Gefangenen.
Die beiden Schwestern betrachteten einander aus sicherem Abstand. Sie teilten das Zimmer, aber sie hatten einander nicht mehr viel zu sagen.
Franziska sah, daß ihre Schwester die Welt von außen

verändern wollte. Man mußte aber doch bei sich selber anfangen, hier und jetzt. Franziska wollte eine andere werden und die Welt von innen heraus umkrempeln.

Der Dienst am Höheren und am Allerhöchsten war übrigens den Männern vorbehalten. Eine Frau konnte sich nicht zu solchen Höhen aufschwingen. In erster Linie brachte sie die Männer von Gott ab, durch ihre fleischliche Gegenwart.

Aber Franziska konnte an sich selber alles ausüben. War sie auch aus dem Bereich des Heiligsten ausgeschlossen, so konnte sie immer noch sich selbst zum Heiligsten machen, allein, im Dunkel der Kirche am frühen Morgen, hingekniet auf die harte Bank. Und am Abend zu Hause, hingekniet vor das Bett.

Franziska saß jetzt nur noch schweigend am Küchentisch, eingepackt in dunkle Kleidung, einen schwarzen Schal um den Hals.

Das oberflächliche Geschwätz galt es zu vermeiden.

Jeden Abend wurde das Gewissen durchforstet nach unnötig dahingeplapperten Worten. Morgen würde sie sich noch fester zusammenschnüren. Alles, was einem auf den ersten Blick angenehm erschien, waren Verlokkungen, die einen vom richtigen Weg abbrachten.

Alles abschneiden, herausreißen, hinter sich lassen.

Jeder Schmerz war gut und wichtig auf dem Weg, den sie zu gehen im Begriff war.

Auf Franziskas Nachttisch stapelten sich Heiligenbiographien.

Nachts lag sie schlaflos in ihrem Bett und hielt sich vor, was an ihrem Leben überflüssig und verzichtbar war. Sie warf sich von der einen auf die andere Seite.

Bitte hör auf, einen solchen Lärm zu machen, sagte Lena genervt.

Franziska würde in die Welt hinaus wandern, ins Gebirge und andere unwirtliche Landschaften. Sie würde ein einfaches Gewand tragen, aus Sackstoff geschneidert. In völliger Armut ginge sie, die Hand nur öffnend für das spärliche Almosen. Barfuß, mit Ledersandalen. Einen Wanderstecken in der Hand.
Ein Lächeln auf den Lippen.
Sie würde ihr Herz an nichts hängen, weil die Unfreiheit begann, wenn man sein Herz an etwas hängte, was von dieser Welt war und was einen dann hinabzog mit seinem Gewicht.
Wenn es erst an einem hing, wurde man es nicht mehr los.
Und gewann man etwas lieb, dann wurde es von einem fortgerissen.
Franziska würde im Wald schlafen, auf dem Moos. Sie würde sich von Wurzeln und Beeren ernähren, und dann würde sie zu den Menschen sprechen: Wahr würde sie sprechen, mit heiligen Zungen, direkt ins Herz der Menschen hinein.
Sie würde sich pfählen, vierteilen, mit kochendem Wasser übergießen lassen, ohne ihre Überzeugung zu verraten.
Sie verabscheute die Gemeindemitglieder, die nur in die Kirche gingen, um das Beste für sich und ihre Familie vom Himmel herunterzubeten.
Es war nicht richtig, daß es einem gutging.
Jeder, der es sich hier gutgehen ließ, war blind, weil er nicht sah, was auf der Welt vor sich ging.
Die Menschen blickten in die Augen ihrer Nächsten, um zu sehen, ob dort Geld blinkte, das für sie bestimmt war, oder etwas anderes, das sie an sich reißen konnten, allein zum Zweck ihres eigenen Wohlbefindens.

Selbstzufrieden saßen sie in Autositzen und Fernsehsesseln, oder sie sehnten sich dorthin.

Einige dachten sich Dinge aus, von denen noch keiner wußte, daß sie ihm fehlten, und dann sorgten sie dafür, daß ein jeder das Fehlen dieser Dinge schmerzhaft fühlte und hinter ihnen herjagte.

Der Hausaltar: der Fernseher mit seinen bunten Bildern, die nichts erzeugten als schale Zufriedenheit.

Die Tempel: die Einkaufszentren, zu denen man beim ersten Anzeichen innerer Leere wallfahrtete.

Die Erde wurde ausgenutzt, aufgerissen und durchschnitten.

Der Abfall des Wohlstandes türmte sich auf den Müllhalden, rauchte gegen den Himmel, floß in die Gewässer, sickerte in den Erdboden.

Das Land, in dem sie wohnten, war verseucht. Von dem, was in der Vergangenheit geschehen war, aßen sie jetzt die verdorbene Frucht.

Man mußte fasten, um sich an die Seite derer zu stellen, die zu Skeletten abgemagert waren, damals und jetzt. Im Fasten überwand man den eigenen Körper, der einem nur bei allem im Weg war. Man mußte das Glück verabscheuen, wie es einen von den Werbetafeln her anlachte, weil es nur auf der Oberfläche glänzte und den Blick trübte.

Das Glück der meisten Menschen ist eine Blüte ihrer Ichsucht, dachte Franziska.

Sie wollte bis zum Letzten gehen, unter Einsatz ihres Lebens.

Man mußte sich selber besiegen.

Was ihr Körper brauchte, würde sie auf das Minimum zurückschrauben. Nur das Nötigste an Nahrung würde durch sie hindurchwandern. Die Haare, ungewaschen, ungekämmt, würden zeigen, daß ihr Äußerlichkeiten nicht mehr wichtig waren. Ihr Körper würde aussehen wie eine Baumwurzel, knotig und zäh.

Diese rosigen, rein geschrubbten Körper mit ihren Fettschwarten und innerlichen Gasansammlungen, diese Hautschläuche ohne Seele und ohne Verstand, mit ihren lauwarmen Gefühlen und der Unfähigkeit, das Richtige zu tun: Sie mußte sie lieben und für sie beten.

Das Kreuz war ihr Stachel und ihre Zuflucht.

Sie wollte sich davon aufgespießt und durchbohrt fühlen, wenn sie am Morgen die Augen aufschlug, und am Abend wollte sie mit keinem anderen Gedanken in ihrem Kopf einschlafen.

Diese magere, ans Kreuz genagelte Gestalt sollte Stück für Stück auch in ihr Platz finden. Sie sollte sie Stück für Stück auslöschen oder zu der machen, die sie eigentlich war.

An manchen Tagen aß Franziska nur schwarzes Brot, das sie zerkaute, bis es flüssig die Kehle hinunterrann. Dazu trank sie Wasser.

Sich innerlich reinigen, bis in alle Verästelungen.

Weg damit, mit allem, was überflüssig auf und in ihr herumlag.

Nicht den Launen des Körpers gehorchen, sondern dem Willen, dem einzigen, was frei war am Menschen.

Diesen Willen stählen.

Wenn man gegen sich zu nachgiebig war, tat man sich nur auf den ersten Blick einen Gefallen.

Die Welt sah aus, wie sie aussah, weil überall Menschen zu nachgiebig gegen sich waren.

Lange merkte man nichts. Und dann, eines Tages, war es zu spät.

Man schaute in den Spiegel und erschrak.
Man sah den Menschen neben sich an und erschrak.
Man zog die Gardine zur Seite, blickte hinaus und erschrak.
Wo es keine Entbehrungen mehr gab, ging man zugrunde, innerlich jedenfalls.
Entweder heiß sein oder kalt sein. Das Lauwarme war um jeden Preis zu vermeiden.
Du siehst aus wie Jesus, hatte vor kurzem jemand zu ihr gesagt, als sie in der Teestube des Jugendzentrums Dienst gemacht hatte.
Sie hatte Vanilletee in ein Teesieb gefüllt und kochendes Wasser darüber gegossen, sie hatte so getan, als hätte sie es nicht gehört.
Überrascht war sie eigentlich nicht gewesen.
Jesus, der Menschensohn.
Franziska hatte sich auf die Unterlippe gebissen und Blut geschmeckt.

In der ersten Tanzstunde saß Franziska im Halbdunkel, als die Jungen auf Kommando von der einen Hälfte der Tanzfläche zur anderen hinüberschossen.
Jetzt wählen sich die Herren eine Partnerin.
Dann führen sie sie auf die Tanzfläche.
Jetzt durfte man nicht übergangen werden, auch wenn sich in einem alles gegen diesen Blödsinn sträubte.
Aber Franziska wurde gewählt, und ein Stein kam ins Rollen. So war es jedenfalls irgendwann einmal ausgedacht worden: Der Stein sollte von jetzt an unaufhörlich rollen, auf das geregelte und geordnete Geschlechterleben hin.
Franziska wollte ein wenig mitrollen, um zu sehen, wie es sich anfühlte.

Das kleinwüchsige Tanzlehrerpaar schwebte über den schimmernden Tanzboden und zeigte, wie es gemacht wurde.
Der Lehrer hatte seine Haare schwarz, seine Frau die ihren blond gefärbt. Lächelnd warfen sie ihre Köpfe mal in die eine, mal in die andere Richtung.
Ihre kleinen Füße bewegten sich wie Hämmerchen im Takt.
Die Frau entfaltete in den sicheren Armen des Mannes ihr strahlendstes Wesen, während der Mann die Richtung einschlug, die er nehmen wollte. Sie mußte gar nichts mehr wollen. Das erledigte ein anderer für sie. Aber leicht und beweglich mußte sie sein, in einer grenzenlosen Folgsamkeit, die auf die geringsten Regungen des Partners einging. Sich anschmiegend, gut zu handhaben, ohne schmerzhafte Ecken und Kanten. Dann war sie auch am glücklichsten.
Der Tanzlehrer zählte die Foxtrottschritte vor.
Währenddessen verschafften die Schüler sich verstohlen ein Bild davon, wen die anderen abgekriegt hatten und mit wem sie selber plötzlich dastanden, von einer Sekunde in ein Paar verwandelt, das sogar schon ahnungslose Eltern miteinander verband. Denn am Ende des Kurses wartete die Krönung, der Abschlußball, bei dem auch die kleinste Kleinigkeit stimmen mußte. Es war ein ausgeklügelter und fein abgestimmter Plan. Die Zutaten stimmten und waren tausend Mal erprobt worden. Daran gab es nichts zu verbessern, wenn man nicht den Gesamteindruck zerstören wollte.
Schon viele Ehen waren auf dem Tanzparkett in die Wege geleitet worden. Hier bekamen die Schüler einen kleinen Vorgeschmack auf spätere Zeiten, auf das Wun-

der der harmonischen Zweisamkeit, bei der zwei Willen zusammengebunden in dieselbe Richtung gehen.
Jetzt war jedenfalls die Zeit für Verbindungen gekommen, und keiner konnte etwas dagegen sagen, wenn Franziska ihren Tanzpartner in dem Dachzimmer besuchte, das er in seinem Elternhaus bewohnte.
Er hieß Georg und hatte feines blondes Haar, das bis zu den Schultern reichte. Franziska hatte verdammtes Glück gehabt.
Es überraschte Franziska, daß dieses Spiel Spaß zu machen begann, wenn man nachspielte, was man so bei anderen beobachtete hatte, auf dem Fernsehbildschirm, in ganzseitigen Werbeanzeigen, auf der Kinoleinwand.
Sie war jetzt Frau und schmiegte sich ihm in die Arme.
Was tat sie jetzt, und was würde er als nächstes tun.
Was fühlte sie.
Fühlst du was, fragte sie ihn, den Mund dicht an seinem.
Danach hatte sie ein schlechtes Gewissen, weil ihre Frage ihn verunsichert hatte.
Fühlst du denn nichts?
Doch, doch.
Dann wieder: Ich bin mir nicht sicher, ob ich spiele oder ob es echt ist.
Es war ihm egal. Hauptsache, sie verschwand nicht aus seinem Dachzimmer, nicht aus seinem knarzenden Bett, in dem die Stunden plötzlich so schnell vergingen.
Sie suchten Öffnungen in der Kleidung des anderen, die sie langsam erweiterten, um sich hineinzutasten.
Probehalber ließ Franziska ihre Hand in Georgs Hosenschlitz gleiten.
Sie fühlte Samt.
Sie machten das Radio an, um verräterische Geräusche zu übertönen.

Eine Ansprache des Papstes wurde im Radio übertragen, während Franziska den Umgang mit Knöpfen, Reißverschlüssen und Gürteln übte.

Sie blickte verwundert auf ihre Zeit in der Kirche zurück. Sie schaute auf sich aus einer großen Entfernung. Sie hatte sich dort selber zurückgelassen, pünktchengroß, bei seltsamen Verrichtungen. Nur manchmal fühlte sie einen seltsamen Stich. Vielleicht verriet sie sich gerade selbst.

Sie flocht Georgs Haare zu zwei strammen blonden Zöpfen.

Er zog den Ballettrock seiner Schwester an und ließ die Hände neben dem Gesicht flattern.

Sie fotografierte ihn, wie er vor dem Fenster in die Sonne blinzelte: sein engelsgleiches Gesicht.

Im Wohnzimmer seiner Eltern stach Franziska wohlerzogen mit der Gabel ein Eck vom Käsekuchen ab und erteilte Auskünfte über den Beruf ihres Vaters. Die Gegend, in der sie wohnte.

Georgs Mutter warf ihrem Mann einen bedeutsamen Blick zu.

Die besseren Familien wohnten woanders.

Was weiter: Alter der Geschwister, Lieblingsfächer in der Schule, Berufswunsch: Grundschullehrerin, sagte Franziska mit ihrem schönsten Lächeln.

Dann redete sie über die Blumen, die sie sich zum Abschlußball von Georg wünschte.

Im Dachzimmer lachten sie sich über die gelungene Vorstellung kaputt, während im Erdgeschoß seine Mutter besorgt auf und ab ging und Türen laut öffnete und wieder schloß, aus Angst, Georg könne sie schon völlig vergessen haben.

Franziska holte ihren »Atomkraft, nein danke«-Anstecker wieder aus der Hosentasche.
Laß dich bloß nicht bei meinem Vater damit blicken, hatte Georg gesagt.
Das nächste Mal lag Franziska mit einer Automobilzeitschrift in einem Liegestuhl im Garten, eine eiskalte Cola neben sich.
Meine Mutter will nicht, daß du an den Kühlschrank gehst, wenn ich nicht dabei bin, sagte Georg und hob entschuldigend die Arme.
Georgs Vater suchte vergeblich nach seiner Automobilzeitschrift und beschuldigte die Mutter, die die wohlpolierten Oberflächen in der Küche noch einmal mit verzweifelter Sorgfalt abwischte und sich mit einem Kloß im Hals versicherte, daß sie noch etwas wert war.
Franziska hatte keine Ahnung, was für einen Aufruhr sie in das Leben der fremden Frau brachte.
Sie strich im Dachzimmer Georg die Haare aus dem Gesicht, er ließ den Kopf auf ihre Schulter sinken.
Ich bin das Projekt meiner Mutter, erzählte er, und sie fürchtet alles, was von außen kommt und ihr einen Strich durch die Rechnung machen könnte.
Es macht Spaß mit dir, sagte Franziska, echt und ehrlich. Ich fühle was, es ist keine Lüge.
Es wurde langsam dunkel, und durch die geschlossene Tür fragte Georgs Mutter, ob ihr Sohn nicht das Licht im Zimmer einschalten wollte. Nervös trug sie Wäsche vom Keller auf den Dachboden und wieder zurück.
Währenddessen saß Franziska in Georgs Zimmer auf dem Fußboden, den Rücken an die Wand gelehnt, und Georg hockte auf seinem Bett und klimperte fast unhörbar auf der Gitarre.

Sie sprachen über das Leben, das ihnen vielleicht eines Tages möglich wäre.
Sie wollten einmal glücklich sein und frei. Und wahr.
Sie wollten nie in einem weichen Fernsehsessel versinken.
Sie überlegten sich Schlupflöcher und Fluchtwege. Ein Bauernhaus auf dem Land. Ein Bauwagen auf einem verwilderten Grundstück. Ein karges Hotelzimmer in einer südländischen Stadt. Immer wieder ein Zugwaggon oder ein anderes Gefährt.
Phantasievoll wollten sie sein, sich selber nahe.
Sie wollten nicht kämpfen, denn der Kampf machte einem dem ähnlich, wogegen man kämpfte.
Gibt es einen, der dreißig ist und nicht in einer Lebenslüge verloren, fragte Georg.
Wenn es mich von da, wo ich bin, sagte Franzika, woanders hinzieht, möchte ich einfach gehen, ohne viel nachzudenken.
Man darf nichts besitzen, worauf man nicht ebensogut verzichten könnte, sagte Georg, weil Besitz einen immer daran hindert, sich zu bewegen und das zu tun, was man für richtig hält.
Auch keine Menschen, sagte Franziska.
Georg sagte, er wolle Franziska zeichnen.
Dann zerknüllte er alle Entwürfe, die er mit Kohle auf einen Block gemacht hatte, warf sie zornig in eine Ecke.
Ekstase, schrieb er an die Wand über seinem Bett, mit fahrigen, weit ausholenden Bewegungen.
Plötzlich fing er an zu weinen, er schluchzte ins Kopfkissen.
Franziska lag auf dem Bauch, das Kinn in die Hände gestützt, und betrachtete ihn mit einem neugierigen Ausdruck in den Augen.

Alles in Ordnung, fragte sie schließlich.
Er schlug mit den Fäusten aufs Kopfkissen.
Es ist nur, murmelte er in die Daunen hinein.
Was, fragte Franziska.
Ich weiß nicht, sagte er. Mein Kopf ist mir manchmal zu eng.
Georg, rief die Mutter vor der Tür, es ist zehn Uhr.
Auf dem Abschlußball der Tanzschule hielt Franziska den gelben Blumenstrauß, den Georg ihr mitgebracht hatte, anmutig in den Händen. Sie versuchte herauszufinden, wie sie sich zu fühlen hatte. Was waren die richtigen Gefühle für einen solchen Abend.
Großartig. Einmalig. Aufregend.
Nur so.
Georg hatte sie zu Hause abgeholt, mit seinem Vater als Chauffeur, und im Ballsaal hatte er sie an den Tisch geführt, wo sein Name auf einer Karte stand, geschrieben in stolzen schwarzen Buchstaben. Schon war Franziska in einem anderen Namen inbegriffen. Er öffnete die Türen und ließ ihr den Vortritt. Er trug ein schwarzes Samtjackett, sie trug ein langes blaues Kleid und zum ersten Mal in ihrem Leben einen BH. Und Schuhe mit Absätzen, die die Schritte ein wenig unsicher machten.
Bückte sie sich nach vorn, mußte sie die Hand vor den Ausschnitt halten. In ihrem Handtäschchen trug sie ein gefaltetes Taschentuch bei sich.
Sie übertrieb das Spiel und sah bezaubernd aus. Wie ein verkleideter Junge.
Georgs und Franziskas Eltern saßen am Tisch, blickten in die Richtung ihrer Kinder und überlegten sich mögliche Gesprächsthemen.
Franziska betrank sich, und keiner hatte etwas dagegen.

Es werden noch viele so schöne und noch schönere Abende kommen in deinem Leben, sagte die Mutter und dachte: und noch viel schrecklichere.

Opa war an einem Novembertag nach einer länger anhaltenden Phase der Schwermut gestorben.
Er hatte jeden Abend ein Brot mit drei Knoblauchzehen verzehrt, für die Gehirndurchblutung. Bringt mich bloß nicht in ein Krankenhaus, hatte er befohlen. Ich möchte um mein Leben kein Krankenhaus von innen sehen.
Wie ein Baum möchte ich umfallen, hatte er gesagt, und sofort tot sein. Der Teufel soll euch holen, wenn ihr mich in ein Krankenhaus bringt.
Er war in der Wohnung auf dem Weg zum Klo umgefallen und gleich tot gewesen.
Als Franziska mit Lena kam, lag Opa auf dem Sofa im Wohnzimmer. Er hatte seinen guten Anzug an. Eine weiße Binde hielt seinen Unterkiefer nach oben, bis die Leichenstarre eintrat.
Im Tod durfte der Mund nicht offenstehen bleiben.
Auf dem Sofatisch lag Opas Ehering, neben Omas Frauenzeitschriften.
Der Vater stand blaß neben der Leichenfrau.
Er hatte ihr geholfen, Opa zu waschen und anzuziehen.
Oma saß auf einem Stuhl im Schlafzimmer und starrte auf das leere Bett. Sie drehte ihren Kopf zum Fenster, als erwarte sie, daß etwas dort auftauchte. Ihre Arme hingen an ihrem Körper herunter, zwei lahme Flügel. Sie sah sehr klein aus, zusammengeschrumpft, mit schwarzen Vogelaugen unter dem struppig grauen Haar.
Ich kann hier nicht bleiben, jammerte Oma. Ich lege mich zu ihm in den Sarg, ich springe ihm hinterher ins

Grab, wie stellt er sich das vor, was soll ich hier denn noch.
An der Garderobe: Opas Wanderstecken.
Auf der Hutablage: der Strohhut für die warme und der Filzhut für die kalte Jahreszeit.
Auf dem Radio: seine Lesebrille neben der Glatzenbürste.
In der Stiftablage neben einer Zeitschrift mit einem halb gelösten Kreuzworträtsel: ein mit Taschenmesser gespitzter Bleistift und ein speckiger Radiergummi.
Franziska schaute auf Opas Füße, an denen er graue, von Oma sorgfältig gestopfte Socken trug. Sie stellte sich näher ans Sofa und berührte Opas Fußsohle mit ihrem Handrücken, verstohlen, als dürfte es kein anderer zu Gesicht bekommen.
Die Fußsohle war hart. Wie Holz.
Franziska fragte sich, ob man ihm wohl sein Klappmesser in die Hosentasche gesteckt hatte.
Er hatte es erst im letzten Sommer gekauft. Zu Franziska hatte er gesagt: Bei den wesentlichen Dingen im Leben darf man nicht sparen. Und kein Weg darf einem zu lang sein dafür.
Erklär mir, was ein Abseits ist, hatte er jedesmal zu Franziska gesagt, wenn sie zusammen ein Fußballspiel im Fernsehen anschauten.
Und Franziska hatte es ihm jedesmal erklärt, und er hatte zufrieden genickt.
Sie müssen sich jetzt entscheiden, sagte die Leichenfrau, welchen Sarg Sie wollen, wie die Sargausstattung aussehen soll.
Ich mache das, sagte die Mutter.
Nur das Beste, rief Oma aus dem Schlafzimmer.

Die Mutter blätterte den Ordner durch.
Mein Vater hat immer gesagt, daß er verbrannt werden will, sagte sie.
Opa hatte Franziska öfter beschrieben, wie eine solche Verbrennung funktioniert. Zuerst wird der Mensch gebrutzelt, wie ein Sonntagsbraten. Dann fällt er durch den Rost, am Schluß ist nur noch eine Handvoll Asche übrig.
Dabei hatte er gelächelt, als erzähle er etwas besonders Schönes.
Du meinst doch nicht, daß ich einen teuren Sarg kaufe und ihn dann verbrennen lasse, rief Oma.
Sie erhob sich ächzend und kam ins Wohnzimmer.
Ich will ein richtiges Grab, sagte sie, nicht nur ein Schließfach. Ich will ihn besuchen können und ihm ab und zu eine Flasche Bier in die Erde stecken.
Vielleicht sitzt er jetzt schon im Himmel und löst Kreuzworträtsel, überlegte sie. Jetzt, wo er tot ist, kann es ihm doch egal sein, ob er verbrannt wird.
Er weiß ja von nichts mehr.
Am Nachmittag kamen auch Onkel und Tante.
Sie saßen jetzt alle in Mutters Küche zusammen.
Franziska stand daneben, den Unterkörper gegen die Spüle gelehnt.
Sollen wir in stiller Trauer oder in tiefer Trauer schreiben, fragte die Tante, die einen Stift in der einen und eine Zigarette in der anderen Hand hielt. Warte, es gibt noch ein Drittes: in Liebe und Dankbarkeit.
Ich habe nicht genug schwarze Kleider, sagte Oma, wir müssen in die Stadt fahren und schwarze Kleider kaufen.
Du mußt doch wissen, wo er seine Papiere aufbewahrt, sagte der Onkel zur Oma.

Franziska ging ins Badezimmer.
Sie stand lange vor dem Spiegelschrank, sie klappte die Türen auf und betrachtete ihr gespiegeltes Spiegelbild. Sie betrachtete, wie das Spiegelbild des Spiegelbilds sich immer weiter vervielfältigte, bis es sich in einem grünen Nichts auflöste.
Dann griff sie zu Mutters Stielkamm und toupierte sich die Haare. Sie ließ die Sprühdose mit dem Haartaft um den Kopf kreisen. Sie rieb sich das Gesicht mit Tönungscreme ein und tupfte Rouge auf die Wangen. Sie tuschte ihre Wimpern schwarz, fuhr mit einem Kajalstift über ihre Lidränder, legte grünen Lidschatten auf und schminkte sich die Lippen mit einem dunkelroten Lippenstift. Sie malte sich einen großen Schönheitsfleck auf die rechte Wange in Höhe des Wangenknochens.
Dann nahm sie eine von Mutters Parfümflaschen und sprühte sich damit ein paarmal hinter die Ohren und auf die Handgelenke.
Als sie fertig war, ging sie zurück in die Küche, um sich ein Glas Milch einzuschenken.
Zigarettenqualm schlug ihr entgegen.
Das Gerede verstummte. Der Onkel hustete.
Ist was, fragte Franziska und lächelte freundlich.
Geh mir aus den Augen, sagte die Mutter, und zwar sofort. Das ist die größte Geschmacklosigkeit deinem Großvater gegenüber.
Das machst du mit Fleiß, ich weiß nicht, warum das ausgerechnet heute sein muß.
So wollt ihr es doch haben, oder etwa nicht, sagte Franziska. Alles soll man doch überdecken und zukleistern, bis man nichts mehr sieht und fühlt. Außerdem bist du doch auch geschminkt. Und jetzt soll das plötzlich falsch sein.

Sie zuckte mit den Achseln und ging zurück in ihres und Lenas Zimmer, das immer noch Kinderzimmer hieß, weil es keine andere Bezeichnung dafür gab. Sie legte sich aufs Bett und drückte ihr Gesicht ins Kopfkissen.
Als sie sich erhob, hinterließ sie eine Maske auf dem weißen Bezug. Sie betrachtete lange das Gesicht, das ihr entgegenstarrte, mit dunklen Augen und roten Lippen.
Dein Großvater hätte das nicht verstanden, mußte sie denken.
Weinen konnte sie aber immer noch nicht.

Franziska saß an ihrem Schreibtisch. Draußen war es dunkel. Sie wollte schreiben. Sie wollte herausfinden, wer sie war. Es sollte etwas aus ihr herauskommen. Aber jeder Gedanke, den sie dachte, schien sofort von seinem Gegenteil widerlegt zu werden, und jedes Gefühl zerfiel, lang bevor es den Weg aus ihr aufs Papier gefunden hatte. Ein verfaulter Geruch war in der Luft. Er kam bestimmt aus ihrem Innern.
Franziska zerfetzte das Papier.
Sie warf es auf den Boden. Sie trampelte mit den Füßen darauf herum.
Sie schrie jeden an, der das Wort an sie richten wollte.
Sie konnte weder sprechen noch schreiben. Sie saß mit offenem Mund an ihrem Schreibtisch, als wollte sie, daß etwas in sie hineinkam, was nicht drin war.
In ihr war nichts, eine große Leere.
Sie zerrte an ihren Haaren, sie haute mit den Handballen gegen ihre Stirn, sie zog die Fingernägel über ihr Gesicht.
Sie biß sich in den Handrücken, sie knirschte mit den Zähnen.
Es ging nicht.

Sie zog die Gardine mit einem Ruck zur Seite. Sie drückte ihren Kopf ans Fenster und hinterließ einen Fettfleck auf der Scheibe. Ein Blutstropfen fiel aus ihrer Nase aufs Fensterbrett.

Steffen steckte seinen Kopf durch die Tür und wurde angebrüllt: raus!

Franziska hielt sich die Ohren zu, vor ihrem eigenen Geschrei und vor dem Geschrei der anderen.

Irgendwie hörte sie alles, aber irgendwie verstand sie es doch nicht.

Sie wollte etwas hören, sehen, fühlen, schmecken, was sie noch nicht gehört, gesehen, gefühlt, geschmeckt hatte.

Hatte sie Vorbilder?

Ja: diejenigen, die ein Leben lang fremd waren, sich selber und den anderen.

Immer wieder wollte sie sich selbst ganz und gar verlieren und sich dann aus dem Nichts neu erstehen sehen. Sie würde ihren Blick immer wieder von neuem waschen und filtern, bis er ihr vielleicht eines Tages etwas offenbaren würde, was weder an eine Zeit noch an einen Ort noch an eine Sprache gebunden war, in der man zufällig aufgewachsen war und zu denken begonnen hatte.

Es würde vielleicht eines Tages aus ihr herausbrechen, es würde sich selbst verwirklichen, ganz ohne ihr Dazutun und ihre Einmischung.

Was »es«? Sie selbst. Ihr wahres Selbst.

Sie würde Übungen machen. Irgendwie würde schon etwas draus werden.

Sie müßte zum Anfang zurückgehen und dann noch einen Schritt machen, um noch vor den Anfang zu gelangen. Von dort, von diesem Nicht-Ort, dieser Leerstelle aus könnte sie die Veränderung einleiten.

Sie durfte nicht stehenbleiben, an diesem Ort, in diesem Zustand.

Sie mußte sich also noch mehr bemühen.

Sie klebte an irgend etwas. Aber wenn sie sich davon losriß, war es auch wieder falsch.

Sie stand hier und wollte eine andere werden. Sie hatte andere gesehen, zu denen sie werden wollte. Doch selbst, wenn sie dasselbe anziehen und dasselbe essen würde wie diese, könnte sie nicht zu diesen werden.

Sie könnte andere nachahmen, aber jeder würde es sofort merken, sie zuallererst.

Sie blickte im Zimmer umher, sie kam nicht zur Ruhe.

Lena bewohnte jetzt ein kleines Zimmer in der Nachbarschaft zur Untermiete, weil die Mutter die Streitereien nicht mehr ertragen hatte.

Franziska versuchte ihre Kräfte zu sammeln.

Sie mußte durchhalten.

Aber sie konnte nicht weitergehen, sie konnte überhaupt nichts mehr tun. Nicht einmal einen Finger konnte sie rühren.

Sie wollte von hier wegkommen. Dann wieder wünschte sie sich, sich einfach treiben zu lassen. Es war nicht möglich zu fliehen.

Kaum tat oder dachte sie etwas, machte sie das, was sie tat oder dachte, schon wieder zunichte, mit Tausenden von Gedanken.

Franziska war sich selbst nicht geheuer.

Sie mußte es schaffen.

Jetzt.

Wie?

Sie ergriff den Zipfel eines Gedankens.

Aber schon war er ihr wieder entglitten.

Es war qualvoll.
Sie sprach nicht darüber, weil sie Angst hatte, ein Geheimnis zu verlieren. Und wenn sie das Geheimnis verlor, verlor sie sich selbst.
Ihre Schulter war kalt. Sie hatte sich blutig gekratzt. Ein Striemen ging über ihren Unterarm.
Es sah aus, als wäre es Nacht. Woher sollte sie wissen, ob es Nacht war. War nicht alles, was sie zu wissen glaubte, nachgeplappert, eingebildet?
Aus dem Wohnzimmer hörte sie die Erkennungsmelodie der *Drehscheibe*.
Die Mutter rief, Abendessen.
Auf dem Tisch standen Pressack, Leberkäse, Emmentaler, Tortenbrie, Schinkenwurst, grobe Streichwurst, Essiggurken, Butter und Bauernbrot. Der Vater strich dick Butter aufs Brot. Er schnaufte beim Essen. Es hingen Krümel in seinen Mundwinkeln. Die Mutter legte zwei Scheiben Schinkenwurst aufs Knäckebrot.
Steffen verlangte Schokostreusel und bekam sie.
All das in sich hineinessen, schweigend, mit einem Reclamheft in einer Hand.
Dick Senf drauf.
Streich doch wenigstens die Haare hinter deine Ohren. Siehst du nicht, daß sie in den Senf hängen.
Sich aufs Bett legen und die Streifen der Tapete zählen. Sich verzählen, wieder von vorne anfangen.
Imagine hören.
Die Mutter suchte nach Beispielen in der Verwandtschaft, die Anzeichen von Wahnsinn gezeigt hätten.
Der frühe Tod der Mutter ihres Mannes war bestimmt ein Sprung aus dem Fenster gewesen.
Eine Familie von Selbstmördern, von Gemütskranken.

Auch Onkel Gerd war vor einiger Zeit tot in einem Hotelzimmer aufgefunden worden. Nackt, von einem Seidenschal erdrosselt, den er – oder ein anderer - um die Türklinke geschlungen hatte.
Mehr gab es dazu eigentlich nicht zu sagen. Ein Mensch ohne Kinder verschwand spurlos, man konnte sich fragen, wozu er gelebt hatte.
Es war besser, nicht zu sehr in dunklen Abgründen zu stochern, sich in die Windungen eines abartigen Lebenswandels zu begeben, man könnte eine Eiterblase aufstechen.
Tot war tot.
Man hüllte also einen Mantel des Schweigens um diesen Tod und schrieb in die Zeitung: nach kurzer schwerer Krankheit.
Es gab einen Faden, eine Kette von Unaussprechlichem, in dieser Familie.
Da machte es dann auch schon nichts mehr aus, daß Onkel Gerd mit Großvaters erster Frau gar nicht verwandt gewesen war.

Franziska war bei Oma, um Mensch-ärgere-dich-nicht zu spielen. Sie tranken Weizenbier und aßen Nuß-Schokolade dazu.
Das ist meine Medizin, sagte Oma.
Oma hatte inzwischen zwei künstliche Hüftgelenke, außerdem einen Herzschrittmacher.
Und eine Brust weniger.
Schreib dem Bundeskanzler, sagte sie zu Franziska, mit deiner schönen Handschrift.
Schreib ihm, daß ich einen Herzschrittmacher habe wie er, vielleicht bekomme ich dann Geld von ihm.

Schreib der Prinzessin Caroline von Monaco. Erzähl ihr von deiner armen und kranken Großmutter und frag sie, ob sie nicht eine kleine Spende für mich hat.
Du weißt, daß wir Frauen eigentlich die Hosen anhaben, sagte Oma und kickte Franziskas Spielfigur vom Spielbrett, wir dürfen es uns nur nicht anmerken lassen.
Hör schon auf damit, sagte Franziska müde. Es gibt weder Männer noch Frauen, das ist doch nur eine Erfindung.
Du hast es im Kopf, sagte Oma zufrieden, aus dir wird was.
Wenn ich daran denke, wie du den Oberarzt im Krankenhaus zusammengestaucht hast:
»Meine Oma kann selber über ihren Körper bestimmen.«
Damals wollte ich sterben, sagte Oma, die schon zwei Figuren im Häuschen hatte, aber der Oberarzt hatte schon recht. Ich hätte mir die zweite Brust auch gleich noch wegnehmen lassen sollen.
Zeig deine Finger, rief sie plötzlich und nahm Franziskas linke Hand. Sie strich über die verwüsteten Fingerkuppen.
Vom Gitarrespielen, sagte Franziska und gähnte, weil sie wieder mal viel zu spät ins Bett gekommen war.
In dir ist ein Wille, sagte Oma. Der springt dir aus den Augen. Sieh zu, daß keiner dich von dem wegredet, was du eigentlich willst.
Gleich würde sie wieder erzählen, wie sie als junge Frau gegen den Willen ihrer Mutter im Klaviergeschäft zu arbeiten angefangen hatte. Dort hatte sie sich das *Lied einer Jungfrau* selbst beigebracht.
Sag mir, was du studieren willst, ich schreibe es mir gleich auf, damit ich es später der Mayerin erzählen kann.

Ich habe mir wieder viel zu viel Wurst gekauft, fuhr sie fort und fing an, die Wurst in Plastik zu packen, damit Franziska sie nachher mitnahm.
Hin und wieder drückte sie Franziska eine Plastiktüte mit Parfüm- und Cremeproben in die Hand. Extra für dich gesammelt, sagte sie.
Was für schöne Brüste du hast, rief sie aus, und Zähne, wie Perlen.
Sie schlug sich auf die platte Brust. Will nicht mehr wachsen, klagte sie.
Darf ich um den nächsten Tango bitten, schöne junge Frau, sang sie und tanzte ein paar Schritte.
Gehst du schon? Du bist ja gerade erst gekommen.
Hast du keine Angst, wenn du durch die Unterführung gehst, fragte Oma. Ich habe eine Heidenangst, weil ich weiß, daß du durch die Unterführung mußt, wenn du zum Bus gehst. Willst du nicht hier schlafen, auf der neuen Matratze.
Gleich nach Opas Tod hatte Oma neue Federkernmatratzen erstanden.
Opa hatte immer gesagt, wieso sollen zwei alte Deppen wie wir noch neue Matratzen kaufen.
Nach Opas Tod hatte Oma auch angefangen zu reisen, zusammen mit der Mayerin.
Ich bin gestern in Frankfurt gewesen, konnte sie am Telefon erzählen.
In Frankfurt, was hast du denn in Frankfurt verloren.
Ich habe in der Bahnhofsgaststätte ein Weizenbier getrunken und ein Paar Würstchen gegessen, und dann bin ich wieder zurückgefahren. Ich bin eine Bundesbahnerwitwe. Ich muß doch meine Freifahrtscheine nutzen.
Während Oma in der Bahnhofsgaststätte Würstchen aß

und Bier trank wie eine Gräfin, saß die Mayerin auf dem Bahnsteig herum, biß von ihrem mitgebrachten Brot ab und trank einen Schluck Kaffee aus der Thermosflasche.
Ich will nicht, daß du durch die Unterführung gehst, sagte Oma jetzt zu Franziska. Man kann sonstwas in der Zeitung lesen.
Ich geh wie ein Mann, sagte Franziska. Wie ein geistig behinderter Mann. Dann tut mir keiner was. Sie machte es Oma vor, mit nach vorne gesunkenen Schultern, herunterhängenden Armen und einem blöden Gesichtsausdruck. Das Kinn vorgeschoben, die Augen stumpf.
Oma schlug sich vor Freude auf die Schenkel und versuchte den Gesichtsausdruck nachzumachen.
Ich weiß nicht, von wem du die Gescheitheit hast, sagte sie.
Die Musikalität hast du von mir, aber die Gescheitheit ist von woanders auf dich gesprungen.
Nimmst du die Pille, fragte sie. Wenn du gescheit bist, nimmst du die Pille. Ihr jungen Frauen seid gescheit, und ihr habt es gut.
Frauen konnten jetzt die Pille nehmen. Aber sie konnten nicht überall hingehen, nicht ohne den Schutz eines Mannes.
Die Pille schützte die Frau vor Kindern.
Der Mann schützte die Frau vor anderen Männern.
Die Pille kann mir gestohlen bleiben, sagte Franziska. Aber wenn ich mich so häßlich wie nur möglich mache, dann kann ich vielleicht alleine reisen.
Wie machst du dich häßlich?
Es fällt mir schon etwas ein.
Wohin möchtest du reisen?
Überallhin.

Und was willst du dort tun?
Schauen will ich, so viel, wie in meine Augen hineinpaßt.
Und wer zahlt das Brot in deiner Faust?
Ihr werdet schon sehen.
Die Mutter fragte Franziska, was sie werden wollte.
Nichts, sagte Franziska, ich will nichts werden.
Der Vater hatte den Fernseher auf ein Zeichen der Mutter hin ausgeschaltet. Er schob die Zeitschrift mit dem Fernsehprogramm nervös hin und her. Die Uhr tickte in der Ecke, sie tickte auf zwanzig Uhr fünfzehn zu. Der Finger des Vaters tickte auf die Tischplatte; er wollte *Derrick* nicht versäumen.
Du mußt dich aber bald entscheiden.
Laß dir einen Termin beim Arbeitsamt geben.
Alle deine Mitschüler lassen sich einen Termin beim Arbeitsamt geben.
Ich bin aber nicht alle.
Du bist doch gut, du mußt doch was draus machen.
Ich will aber nichts draus machen. Was heißt überhaupt gut. Ich will nicht in etwas hineingezogen werden, wo man die Leute in gut und schlecht einteilt. Ich will da nicht mitmachen.
Franziska sprach leise, aber die Mutter war mit den Gedanken schon woanders.
Diesem Kind war immer alles viel zu schnell in den Schoß gefallen, das war schon fast ärgerlich. Es war schlecht für den Charakter. Da strengt man sich nicht mehr an, verweichlicht und leidet unter der Einbildung, was Besseres zu sein.
Hält man zu viel für selbstverständlich, kriegt man am Ende überhaupt nichts.
Eine Lehrerin, eine Ärztin, was gab es sonst noch an Berufen für eine Frau.

Die Mutter gab sich Mühe.
Sie hatte kürzlich eine nette Reiseleiterin kennengelernt.
Sie erzählte von der Krankengymnastin im Kurkrankenhaus. Das war eine fröhliche junge Frau gewesen, so offenherzig, mit einer gesunden Einstellung zum Leben.
Einige Bekannte der Eltern hatten auch Töchter in Franziskas Alter: Die eine ging ins Hotelfach, die andere machte eine Ausbildung zur technischen Zeichnerin, eine hatte sich als Stewardeß beworben, aber keine saß zu Hause bei ihren Eltern auf der Couch und sagte, daß sie nichts werden wollte.
Und die Sprecherinnen im Fernsehen? Irgendwie mußten die doch auch da gelandet sein!
Alles steht dir doch offen.
Das ganze Leben liegt doch vor dir.
Einmal einen falschen Schritt gemacht oder einen richtigen unterlassen, und es rächt sich das ganze Leben lang.
Sieh *mich* an.
Die Mutter wollte ihre Tochter vor ihrem eigenen Schicksal retten und sie gleichzeitig heimlich dorthin manövrieren, damit sie nicht so allein da stand, wo sie war.
Franziska holte tief Luft. Sie konnte nicht genug Luft in ihre Brust hineinbringen. Aber der Arzt hatte gesagt, es gäbe keine organischen Ursachen für diese Atemnot.
Der Wandschrank mit den Bierkrügen, Strohblumensträußen, Tiroler Holzschnitzfiguren.
Sport treiben, hatte der Arzt gesagt.
Der Vater spielte mit der Fernbedienung.
Franziska wollte etwas werden, aber sie wußte nicht was.
Sie würde sich erst mal durchschlagen, mit Lebenskunst, wie sie in Büchern und Filmen zu finden war.

Die kleine Summe, die sie brauchte, wäre schnell zu beschaffen, oder etwa nicht. Irgendwo gäbe es im Hintergrund immer die Welt, von anderen in Gang gehalten, die sie schon nähren würde.
Und überhaupt: Lieber im Irrenhaus landen als in den vier Wänden eines Büros oder in einer Berufsuniform, lieber eine glückliche Irre in gestärktem Hemd sein, die aus dem Fenster starrt, komplizierte Rhythmen aufs Holz klopft und über die hochtrabenden Worte der Ärzte kichert als selber solche hochtrabenden Worte von sich geben.
Denn was hieß schon krank, was gesund, wo verliefen die Grenzen. War nicht das Normale das eigentlich Kranke und die einzig gesunde Reaktion auf das, was andere als Krankheit bezeichneten? Weil sie alles fürchteten, was sich nicht in ihren festgestecken Rahmen fügte?
Einen Rahmen aus Zwängen und Neurosen.
Der Vater nahm einen Schluck aus dem Bierglas, er schluckte hörbar.
Was willst du also werden, sag schon.
Antialkoholikerin, sagte Franziska, und plötzlich mußte sie lachen und warf den Kopf zurück.
Nutzlos sein, dachte sie zur Decke hin. Nichts tun.
Die Mutter starrte sie wütend an, der Vater schob den Unterkiefer nach vorne. Er drückte mit dem Daumen an eine bestimmte Stelle am Hals, wo es ihm immer zu eng war.
Sie wird schon noch zur Vernunft kommen, sagte er, er sehnte sich nach einem Ende dieses Gesprächs.
Du bist zu nachsichtig, sagte die Mutter. Man sieht, wohin man mit dieser Nachsicht kommt.
Sprachen, du bist doch gut in Sprachen, mach doch et-

was damit, du könntest doch Fremdsprachensekretärin werden, Dolmetscherin, was weiß ich.
Komisch, sagte Franziska, in Mathematik bin ich besser, aber keiner scheint das zu merken.
Warum mache ich mir überhaupt die Mühe, diesem Kind etwas vorzuschlagen, sie dreht einem ja sowieso das Wort im Mund herum.
Franziska ließ sich jetzt die Haare lang wachsen. Der Übergang ist das Schwierigste, hatte die Mutter gesagt. Sie war durch Franziskas Wunsch nach längeren Haaren eine Weile aufgemuntert gewesen.
Aber es ging wieder in die falsche Richtung.
Es gibt doch nette Frisuren für junge Frauen.
Die Mutter legte manchmal Zeitschriften für moderne Frauen aufgeschlagen auf den Wohnzimmertisch.
Du machst immer genau das Gegenteil von dem, was ich will, sagte sie zu Franziska. Ich müßte also nur das Gegenteil von dem sagen, was ich will, dann wären wir beide zufrieden.
So einfach war es aber auch wieder nicht.
Der Pony war schon bis zu den Wangen heruntergewachsen und Franziska hatte sich ein Lederband um den Kopf gebunden, um die Haare zurückzuhalten.
Sie machte jetzt täglich Yogaübungen: den Kopfstand, das Sitzen im Lotussitz auf dem orangefarbenen Flokati, die Hände auf dem Mittelscheitel gefaltet.
Den Pflug, den Fisch, die Heuschrecke.
Kam sie von der Schule spät nach Hause und war allein in der Küche, aß sie manchmal mit den Händen, wie sie es auf dem Indien-Abend im Dritte-Welt-Laden gelernt hatte.
Man rollte das Essen mit den Fingerspitzen zu kleinen

Bällen und schob es dann mit dem Daumen in den Mund.
Bist du vielleicht jetzt einer Sekte in die Hände gefallen, fragte die Mutter.
Das Yoga-Buch hast du doch gekauft, sagte Franziska, ich habe es im Wohnzimmerregal gefunden.
Die Mutter: Weil du auch alles übertreiben mußt. Das kann doch nicht gut sein, wenn man die Dinge so übertreibt wie du.
Franziska: Weil du selber nicht mehr aus deinem Sumpf herauskommst.
Die Mutter: Sie versucht mich zu reizen, merkst du nicht, wie sie versucht, mich zur Weißglut zu bringen, sag doch du auch mal was.
Franziska hatte sich schon wieder in sich zurückgezogen. Nichts kam an sie heran. Die Mutter konnte sich von ihr aus den Mund fransig reden.
Franziskas Blick war starr. Sie blickte auf die aufgeschlagene Fernsehzeitung.
Sie waren übrigens zu viele, sagte man ihnen in der Schule schon. Eure Eltern haben sich zu fleißig vermehrt. Ihr kommt hier herangeschwemmt, als Wohlstandsparasiten. Was soll die Welt mit so vielen nutzlosen Köpfen.
Ihr müßt schon gut sein, wenn ihr unterkommen wollt.
Ihr könnt so gut sein, wie ihr wollt, unterkommen werdet ihr aber nicht.
Unterkommen, was meinten sie damit.
Franziska wußte, was sie vermeiden mußte: alles, was angeblich zu ihrem Besten war.
Der gesunde Menschenverstand führte ganz sicher in die Verlogenheit und ins Mittelmaß, er führte direkt in die

Hölle, wo nichts ausfranste, nichts abstand, nichts abstach, wo der gute Geschmack regierte.
Er führte vors Standesamt und in eine Wohnung wie diese.
Ein Grausen.

Die Mutter dachte darüber nach, ob sie etwas falsch gemacht hatte.
Sie mußte etwas falsch gemacht haben, wenn das Ergebnis Franziska war.
Aber was war jetzt noch zu tun.
Einen Menschen konnte man nicht einfach so aufräumen wie eine Wohnung. Man konnte nicht mit dem Staubsauger im Inneren eines Menschen herumfuhrwerken und Wollmäuse wegsaugen. Man konnte ein Leben nicht erst mit Stahlfix scheuern und dann mit einem weichen Lappen polieren.
Neugeborene Kinder waren wie Wohnungen, in die man gerade erst eingezogen war, oder wie ein Urlaubsort am ersten Tag. Sie waren wie ein Gegenstand, den man gerade erst gekauft hatte und der noch keine Spuren des Gebrauchs trug. Je älter sie wurden, desto mehr nahm die Unordnung überhand und wuchs einem über den Kopf.
Die Mutter ging gerne in Neubauvierteln spazieren. Sie mochte Einfamilienhäuser, die noch im Rohbau dastanden, die noch alle Möglichkeiten in sich bargen. Sie trat manchmal ein und ging durch die kahlen Räume, in denen ihre Schritte trocken hallten.
Einen Menschen konnte man nicht beliebig oft umräumen und neu möblieren. Wenn die Möbel unverrückbar am falschen Platz standen, sehnte man sich nach einem neuen Anfang.

Neulich hatte die Mutter geträumt, sie sei tot. Sie hatte ihren Körper in einer selbstgebauten Kiste verborgen. Sie hatte ihren Tod geheimgehalten, weil er ihr peinlich gewesen war, wie der Beweis eines persönlichen Versagens. Die Ritzen, aus denen Leichenflüssigkeit tröpfelte, hatte sie mit Packband verklebt. Andere beschwerten sich über den Gestank. Selbst roch sie nichts. Merkwürdig war ja, daß sie tot und verwesend in einer Kiste lag und gleichzeitig all diese Verrichtungen vornahm. Dabei hatte sie gewisse Anzeichen der Schwäche gefühlt: nachgebende Kniegelenke, das Bedürfnis, sich beim Treppensteigen am Treppengeländer festzuhalten.
Einen solchen Traum wurde man den ganzen Tag nicht los.
Könnte sie nur, wie ihr Mann, am Morgen in aller Ruhe sagen: Ich kann mich nie an meine Träume erinnern. Ich glaube manchmal, ich träume gar nicht.
Wäre sie mit seiner glücklichen Blindheit geschlagen, die dem galt, was ihm am nächsten war.
Ihre eigene Mutter lag schon wieder im Krankenhaus, nach einer Gallenblasenoperation.
Hoffentlich erlebst du das auch noch mal in deinem Leben, daß du nichts als ein Hindernis bist, ein altes ungeliebtes Muttermonster.
So hatte Oma kürzlich zu Franziskas Mutter gesagt, die gerade die Bettpfanne unter ihr hervorholte.
Dann hatte sie nach dem Handspiegel gegriffen.
Ich weiß schon, daß ihr euch wünscht, daß ich tot bin, sagte sie, während sie ihre Lippen mit dem Lippenstift nachzog und ihre Haare zurechtdrückte.
Aber den Gefallen tu ich euch noch nicht.
Ihr werdet an meinem Grab stehen und Rotz und Wasser heulen.

Ihre Stimme klang zufrieden.
Die Visite kommt in fünf Minuten, wie seh ich aus?

Ich glaube, ich suche mir einen Job, sagte die Mutter nach einer weiteren Nacht mit schweren Träumen zu ihrem Mann.
Ich glaube, ich weiß schon wo, sagte sie.
Im Heim für schwer erziehbare Kinder suchen sie eine Schreibkraft.
Als der Vater am Abend vor dem Fernseher saß, überschlug er im Kopf, wieviel Geld eine solche Halbtagstätigkeit der Mutter bringen würde. Nicht viel, ehrlich gesagt. Das meiste fraßen die Steuern auf.
Wie sah das nach außen aus: als sei er nicht in der Lage, seine Familie zu ernähren. Einige seiner Arbeitskollegen würden über ihn lächeln, das wußte er jetzt schon.
Und im Haushalt warteten Veränderungen, sie sprach plötzlich davon, daß jeder Pflichten übernehmen sollte.
Sie schien es sich in den Kopf gesetzt zu haben.
Mit ihr war nicht gut Kirschen essen, wenn sie ihren Willen nicht durchsetzen konnte.
Seinetwegen also: wenn es dem Familienfrieden diente.
Wenn er es auch nicht verstand, so wie er vieles nicht verstand. Es machte nichts. Solange der Rahmen stimmte und die Familie nach außen intakt war.
Er schaltete vom ersten aufs zweite Programm. Ein Quizmaster hüpfte gutgelaunt eine Treppe herunter. Er spielte sein Jungsein und hatte ein Toupet auf.
Der Vater lehnte sich im Sessel zurück. Auch andere wurden älter. Das machte manches erträglicher.
Er verstand übrigens mehr, als er nach außen zeigte. Aber es erschien ihm zu mühselig, sich einzumischen.

Vieles würde sich außerdem von selber ordnen.
Man brauchte nur zwei Augen im Kopf, um zu erkennen, wie der Mensch beschaffen war: Hatte ein Mensch keine Schwierigkeiten von außen, dann mußte er es sich selber schwer machen, von innen. Es schien ein solches Gesetz zu geben, damit dem Menschen das Leben nicht allzu glatt über die Bühne ging. In Notzeiten dachte man nur an das, was man vor der Nase hatte, und an die Arbeit, die man mit seinen zwei Händen verrichten konnte. Gingen die Sorgen, kamen die Flausen. Dagegen konnte man nicht anrennen. Aber warten konnte man, bis es von selber vorbeiging.
Er schlug sich auf der Arbeit mit ganz anderen, handfesteren Dingen herum. Am Ende zählte, was aufs Konto floß. Und zu Hause zählte, was auf den Tisch kam.
Wenn seine jüngere Tochter meinte, den Menschen neu erfinden zu müssen: bitteschön. Auch diese Hörner würden sich mit der Zeit abstoßen. Auch da würde das Richtige zur rechten Zeit geschehen.
Denn was geschah, das war nun mal das Richtige: Es hatte doch keinen Sinn, sich mit Händen und Füßen dagegen zu sträuben.
Manchmal, wenn keiner es sehen konnte, nahm er das schwarze Buch aus seinem Aktenschrank und versuchte, sich an den zu erinnern, der diese Gedichte einmal mit schwarzer Tinte aufs Papier geschrieben hatte.
Die Kandidaten im Fernsehen mußten jetzt Fragen beantworten.
Schon wieder hätte der Vater eine Frage schneller beantworten können als einer der Kandidaten. Er lächelte und fand das Leben für einen kurzen Moment gar nicht so übel.

Franziska saß am Küchentisch.
Gestern hatte sie die letzte Abiturprüfung gehabt. Ihr Leben war von nun an ihr eigenes Werk, an dem sie basteln konnte.
Wie du aussiehst! Diese dunklen Ringe unter den Augen. Geht es dir nicht gut? Ich möchte doch nur, daß es dir gutgeht, sagte die Mutter, die gerade Salat fürs Abendessen wusch.
Ich bin glücklich, sagte Franziska gereizt, ich weiß es nur nicht zu schätzen.
Du stinkst immer noch nach Rauch, sagte die Mutter. Kannst du nicht wenigstens deine Kleider auf den Balkon hängen, wenn du nachts nach Hause kommst.
Der Mutter ging es übrigens viel besser, seit sie Tag für Tag das Haus verließ und ihre neue Arbeitsstelle aufsuchte.
Franziska blätterte in einer Wochenzeitung.
Ein Jürgen H., 21, hatte sich mit dem Gewehr in den Mund geschossen, als er vor der Bundeswehrkaserne Nachtwache schob.
Kurz hielt Franziska inne, studierte das Bild, erkannte Jürgen wieder, dann blätterte sie weiter.
Sie hatte kürzlich Andrea im Fleischerladen getroffen, als sie im Auftrag der Mutter Bauchfleisch und Rippchen kaufte.
Ich habe ziemliches Glück gehabt, sagte Andrea, während sie die Knochen mit geübten Bewegungen zerhackte, daß ich eine Wohnung direkt neben meinen Eltern gefunden habe.
Franziska hatte noch zwei Paar Knacker gekauft und einhundertfünfzig Gramm Hirnwurst.
Sie hatte ausweichend genickt.

Steffen war in seinem Zimmer und sang ABBA-Lieder. Den Lautstärkeregler der Stereoanlage hatte er weit aufgedreht.

Dazu tanzte er mit anmutigen Bewegungen.

Ich schäme mich für deinen Musikgeschmack, rief Franziska durch den Türspalt und ließ sich die Tür vor der Nase zuwerfen: raus!

Franziska dachte kurz darüber nach, was aus verschiedenen Leuten geworden war, die sie kannte:

Anna hatte schon ein Kind und einen Bankangestellten, der so langweilig war wie eingeschlafene Füße, so hatte die Mutter gehört.

Lena studierte in einer anderen Stadt und war vor ein paar Monaten mit einem goldenen Verlobungsring nach Hause gekommen. Er hat Muskelschwund, hatte sie der fassungslosen Mutter erklärt, ich muß ihm doch zeigen, daß ich zu ihm stehe.

Vor kurzem war Franziska auf der Straße Georg begegnet. Er hatte einen seltsamen Geruch ausgeströmt, der Franziska an etwas erinnerte: an das Krankenhaus, in dem Oma gerade mal wieder lag, mit aufgedunsenen Armen und Beinen und einem Schlauch in der Nase.

Ich war in der Klapse, sagte er und grinste.

Er sprach schleppend, sein Blick war ein wenig glasig.

Man hatte ihn gefaßt, als er halbnackt durch die Straßen gelaufen war, beseelt von der Vorstellung, ein Messias zu sein. Ein paar Monate hatte er in der Klinik verbracht, vor kurzem war er entlassen worden.

Alle hatten sie schon ein unverwechselbares Leben, sie hatten sich nicht aus allem herausgehalten, dachte Franziska, sie hatten Entscheidungen getroffen, auch wenn es vielleicht falsche Entscheidungen waren.

Franziska fühlte sich plötzlich ganz leer. Sie fühlte sich wie ein Tisch, über den man eine Plastikdecke gebreitet hat. Sie fühlte sich wie ein nichtssagendes Möbelstück aus furnierten Spanplatten.
Sie schlug die Wochenzeitung zu.
Dachte jetzt an eine Gestalt, die sie gestern in der Kneipe gesehen hatte, einen jungen Mann mit Lederjacke und glänzendem schwarzen Pferdeschwanz. Mit einem dikken Filzstift hatte er etwas auf ein Blatt Papier notiert. Neben seinen Beinen an den Tisch gelehnt stand ein schwarzer Gitarrenkoffer.
Die hellgrünen Augen, die sie kurz angeblickt, die kurz durch sie durchgeblickt hatten.
Der junge Mann war eine junge Frau gewesen.
Sie schien keine Ahnung zu haben, wie schön sie war, in ihrer viel zu weiten, abgeschabten Cordhose, den an der Nasenwurzel zusammengewachsenen Augenbrauen, dem schmalen Körper, den schweren Stiefeln.
Ich gehe noch kurz weg, sagte Franziska zu ihrer Mutter und nahm ihre Cordjacke vom Haken im Flur. Den roten Sturzhelm von der Hutablage. Sie schnürte ihre Bergstiefel zu. Dazu trug sie eine Malerhose, die sie vor ein paar Wochen in der Badewanne mit schwarzem Tee gefärbt hatte.
Sie schaute kurz in den Spiegel.
Es gefiel ihr nicht, was sie sah.
Die immer noch beinahe durchsichtigen Augen mit dem schwer zu deutenden Ausdruck.
Der blasse Mund mit den schmalen, ein wenig zusammengekniffenen Lippen.
Du trittst ins Leben hinaus, sagte die alte Nachbarin lächelnd, der Franziska auf der Treppe begegnete.

Genieße deine Freiheit, solange es geht.
Selbst wußte die Nachbarin, daß sie jetzt nicht mehr von hier wegkommen würde.
Sie würde schrumpfen und langsam vergehen.
Sie würde diese Stufen hinauf- und hinabgehen, Tag für Tag, aber nicht die Stufen würden davon abgenutzt, sondern sie selber.
Eines Tages würden andere in ihre Wohnung ziehen, sich in den Räumen einnisten, keine Gedanken an ihre Vorgängerin verschwenden.
Sie würden die Fenster weit öffnen und die Gespenster der Vergangenheit hinausziehen lassen.
Franziska lächelte die Nachbarin an, aber sie wußte nicht, was sie erwidern sollte. Dann schwang sich aufs Treppengeländer und rutschte hinunter.
Sie ließ ihr Moped an.
Rechts lag der alte Spielplatz still da, mit dem alten verrosteten Karussell.

Franziska schlug den Weg zum Krankenhaus ein.
Oma lag in ihrem Bett, den Blick an die Decke gerichtet. In ihrer Nase steckte ein Schlauch. Es brodelte im Sauerstoffgerät. Sie schaute in Franziskas Richtung und lächelte schwach.
Auf ihrem Nachttisch stand eine Schnabeltasse mit wässrigem, kalt gewordenem Tee.
Franziska setzte sich aufs Bett, nahm Omas geschwollenen Arm in ihre Hände. Sie massierte Omas Hand, nahm die Finger einzeln und drückte sie sanft.
Dann schlug sie die Bettdecke zurück und strich über Omas blau und dick gewordene Beine, von den Knien zu den Zehen und zurück. Die Füße waren eiskalt. Fran-

ziska hielt sie in ihren beiden Händen, um sie zu wärmen, aber es schien nicht viel zu helfen.
Sie drehte das Ventil des Sauerstoffgeräts ein wenig weiter auf.
Bier, flüsterte Oma und hob den Kopf ein wenig.
Dann machte sie die Augen wieder zu, müde geworden von einer solchen Anstrengung.
Franziska ging ein paar Stockwerke tiefer und holte aus einem Automaten eine Flasche Bier heraus. Sie nahm drei Stufen auf einmal, als sie die Treppen wieder hochlief. Eine Krankenschwester kam ihr mit quietschenden Gesundheitsschuhen entgegen. Aus dem Schwesternzimmer war Lachen zu hören. Wieder in Omas Krankenzimmer, schenkte Franziska das Bier in die Schnabeltasse.
Sie führte die Tasse an Omas Mund.
Oma schluckte.
Sie bewegte jetzt nur noch die Lippen.
Meine Medizin.
Franziska lachte.
Sie nahm auch einen Schluck aus der Schnabeltasse und gab Oma dann den Rest zu trinken.
Schlafen, formten Omas Lippen das nächste Wort.
Franziska küßte Oma auf die Wange. Ihre Nase berührte den Sauerstoffschlauch.
Bis morgen, sagte sie und zog die Tür behutsam hinter sich zu.
Omas Mund stand im Schlaf halb offen. Sie röchelte leise.
Tränen stiegen aus Franziskas Hals in die Augen, sammelten sich zu dickeren Tropfen und liefen dann von dort über die Wangen, bis sie von ihrem Halstuch aufgesaugt wurden.

Franziska verließ das Krankenhaus mit großen Schritten, zog sich im Gehen den Sturzhelm über.
Sie ging wie eine, die weiß, wo sie hinwill.
Draußen hatte es angefangen zu regnen. Die Tropfen rannen über das Visier ihres Sturzhelms, und bald spürte sie sie durch ihre Jacke und ihre Hose dringen.
Es war wirklich nichts Besonderes, aber sie fühlte sich leichter als noch ein paar Stunden zuvor.
Indem sie sich vergaß und vergaß, wer sie war oder sein wollte, kam sie näher an sich heran.
Ihre Lippen waren plötzlich voller geworden und leuchteten rot.
Sie schlug den Weg in die Innenstadt ein.
Am Straßenrand sah sie jemanden mit einem Gitarrenkoffer stehen, völlig durchnäßt vom Regen.
Die schmale Gestalt, das schwarze, jetzt nasse Haar, die zusammengewachsenen Augenbrauen. Die hellgrünen Augen, die sie fast unmerklich grüßten.
Franziska war eigentlich nicht überrascht, aber sie verriß trotzdem den Lenker, so daß hinter ihr ein Auto ausweichen mußte und hupte.
Dann brachte sie das Moped neben der Gestalt zum Stehen.